が結ぶ溺愛レッスン

夢乃咲実

イラスト／カワイチハル

この物語はフィクションであり、実際の人物・
団体・事件等とは、一切関係ありません。

CONTENTS

羊が結ぶ溺愛レッスン

青い青い青い、空。

そこに、ぽっかりとふわふわした雲がいくつか浮かんでいる。

目の前の、車一台がやっと通れるだけの坂道は、山の中に吸い込まれてそのまま空まで上っていきそうだ。

少年は、片手に持っていた通学用のスポーツバッグをもう片方の手に持ち替えて、えいやっと肩に担いだ。

この坂の先にある、山の上の小さな集落に住んでいる少年は、高校への通学に片道一時間半かけている。

そして最後の四十分が、この上り坂。

毎日のこととはいえ、ここは気合いが必要だ。

少年は小柄で細身だが、肘《ひじ》まで捲《まく》った白いシャツから覗《のぞ》く腕は健康的な小麦色だ。

染めているのではない、もともと茶色味がかった髪には軽くウェーブがかかり、大きな目と長い睫毛《まつげ》は、年より少し幼く見える少年の顔に繊細な雰囲気も与えている。

それでも全体的には、素朴な田舎の少年……といった印象だ。

ざくざくと砂利を踏みながら坂を上り始めたとき、背後から車のエンジン音が聞こえた。

近所の住人の車なら、たいてい「空《そら》かあ」と名前を呼んでくれ、途中まで乗せてくれることもある。

それを半ば期待して振り向くと……

知らない車だ。

上の集落の住人が乗っている車は全部知っている。軽トラか、コンパクトカーだ。

黒いセダンなど、見たことがない。

そのセダンは、まるで迷うようにそろそろと坂を上ってきて、少年——空の前で停まった。

運転席の窓が開く。

「ちょっと、尋《き》きたいんだが」

低い声で尋ねたその人を見て、空はどきっとした。

黒い髪を横分けにした、理知的な印象の、大人の男。

年は三十に届いているかどうかといった感じだが、顔の輪郭や眉、高い鼻筋の直線的なラインが、整った顔立ちを垢抜《あか》けて少しばかり近寄りがたい雰囲気に見せている。

肌も、このあたりの大人の野良仕事の日焼けとは違う、滑らかな象牙《ぞうげ》色。

都会の、人。

なんとなく気圧《けお》されて空が黙っていると、男は少し声のトーンを上げた。

「道を尋きたいんだが……楚辺《そべ》というのは、この先でいいのかな？」

よく響く低い声が、少し柔らかくなる。

「あ、そ……ですぅ」

空は慌てて頷《うなず》いた。

「道は一本？」

「えっと、少し上っと、分かれ道があんですけど、右に行ってその先をすぅぐ左にいがねど、山ん中に入っちゃうから……」

この道を通るのは、この道を知っている人ばかりだ。

はじめての人……それもきれいな東京の言葉で話す人にどう説明すればいいのか、空は必死で言葉を探す。

男の目が、微笑むように少しだけ細くなる。

「その分かれ道は、わかりにくい？」

「ちょっと」

空は頷いた。

まるで本道のような広い——とはいっても車がすれ違うのがやっと——道は、実はそのまま山を下っていってしまう。

上にある楚辺の集落に行くには少し細い林道のほうを選ぶのだが、それもまたその先で二股になっていて、片方は山の中で行き止まってしまうのだ。

すると男はちょっと考えるように首を傾《かし》げ……

「標識も何もないのかな。車のナビにも、この先の道が載っていなくてね」

と、困ったように呟《つぶや》いた。

その様子に空は、とても放ってはおけないと思い……

「あの、よがったら、おらが案内しますけど」

おそるおそる申し出ると、男の顔が明るくなった。

「お願いできるかな？　隣に乗って……と、こちらからお願いするのは申し訳ないような気がしたんだが」

空が警戒しないように気遣ってくれたのだとわかり、却《かえ》って申し訳なくなる。

「あ、はい」

頷くと、男は口元に軽く笑みを浮かべて車の助手席側のドアを開けた。

黒い革張りのシートは鈍く光っているように見え、空は中を汚さないように靴を何度か叩き合わせてからそっと車に乗り込んだ。

「遠慮しないでもう少し深く座って、シートベルトも一応ね」

男は柔らかい口調で言って、緩やかにアクセルを踏む。

ざらざらした砂利道だが、驚くほど滑らかな乗り心地だ。

革のステアリングを握る男の、すらりと指の長い大きな手も、やはりこの辺の大人たちとは違う……都会の人が、都会の仕事をしている、という感じだ。

「あ、そこ、右です」

最初の分かれ道で空が指を指すと車は林道に入り、すぐに次の分かれ道になる。

「で、あれを、そっち」

「これは確かに、教えてもらわないと間違えるな」

男は呟き、空は自分が役に立てたことが嬉しくなる。

ここから先は、ひたすら上りの一本道だ。

この人は、誰を訪ねてきたのだろう。

楚辺の集落には七軒ほどの家がある。細々と畑をやっている老夫婦や老人一人の家が数件、それにサラリーマンの兼業農家。そのうちの誰かの親戚だろうか。

空が一緒に住んでいる伯父伯母は楚辺の集落からさらに上った場所で、山の上に開けた牧草地で牛を飼う酪農を営んでいる。

下の人たちとの近所付き合いは濃く、東京に出た親戚がいるという家も二軒ほどあったような気がする。

車は少しでこぼこした場所を通って軽くバウンドし、男は空を気遣うようにちらりと横を見た。

空はもちろん平気だが、そうした男の視線や仕草のスマートさにもどきっとする。

何か、話したほうがいいのだろうか。

それとも、運転の邪魔になるから黙っていたほうがいいのだろうか。

そんなことを考えたとき……

前方、道の真ん中に、白いものが見えた。

「……あれは？」

男がゆっくりとブレーキを踏む。

白いものも同時に止まった。

「あ、雲《くも》だ！」

空は叫んで、慌ててシートベルトをはずした。

「おらの、羊です」

「羊!?」

ドアを開けて車の外に出ると、羊の雲は見たことのない車に臆する様子もなく、とことこと空に駆け寄ってくる。

羊の「雲」は、空の大事なペット……というか、兄弟のような友達のような存在だ。

毎日空が帰ってくる頃になると、道の途中まで迎えに来てくれる。

雲のふかふかの背中を撫《な》でながら、空は車の運転席から半身を乗り出すようにしている男を振り向いた。

「あの、おら……ここで……この先は一本道なんで」

「ああ」

男は戸惑ったように瞬きし、それからふっと微笑む。

「どうもありがとう、本当に助かった」

そう言って男は、空と雲が道の端に寄ったのを確かめてから、ゆっくりと車を発進させた。

坂を上っていく車を見送りながら、空はほうっとため息をついた。

なんだか……テレビに出てくる人みたいだった。

あんな人が、現実に存在するんだ。

言葉遣いも、顔立ちや表情、仕草まで……まるで画面の向こうの世界にいる人を見ているようだった。

雲が、空の腿《もも》の裏あたりを、頭でごつんと押す。

「あ、わがった、早く帰っぺ！」

男の前ではそれでも緊張してよそ行きの言葉遣いでいたつもりが、雲に対してだとのびやかで温かないつもの口調になる。

そのまま空は、林道をはずれて山の中を抜ける細い道に入った。

ここを行けば楚辺の集落を抜けず、伯父の家の牧草地に出てそのまま家に帰れる。

その途中で、牧草地に散らばっている牛を集めて帰るのが空の日課だ。

雲も心得ていて、ぴょんぴょん飛び跳ねながら藪《やぶ》の中に突進していく。

雲は、空が十歳の頃に、伯父がどこかから貰《もら》ってきた羊だ。羊毛用の種類ではなく、中央アジアあたりの原種に近い羊なのだと言われた。

それでもじゅうぶんにふかふかしているし、結構大きな尻尾もある。

身体は大きくがっしりしていて今でも空を背中に乗せたまま走り出すこともあるし、両側に振り分けるようにしてやれば、かなり重い荷物も運べる。

とはいえそんなことをするのは稀《まれ》で、雲の身分はペットというよりはむしろ空の弟分に近く、学校に行っている間以外はずっと空につきまとっていて、寝るのも空のベッドの下だ。

「雲、あんま急ぐな、待でってば」

牧草地めがけて走っていく雲のあとを、空は大股で駆け出して追いかけた。

帰る時間を心得ている牛たちを集めて引き連れ、夜用の柵の中に入れると、ようやく空は家に向かった。

伯父が自分で作った、無骨な木造の家だ。

その家の前に……伯父の軽トラと並んで、一台の車が停まっていた。

「あ、あれ」

さきほどの、黒いセダンだ。

あの、都会の男が訪ねてきたのはうちだったのか、と空は驚いた。

伯父伯母は、集落の人以外とはまるで付き合いがなくひっそりと暮らしているから、まさか目的の家が自分のところだとは思ってもみなかった。

思わず駆け出すと、雲もダッシュでついてくる。

「ただいまー」

玄関を開けて、いつもよりは遠慮がちに声をかけながら居間に入ると——

荒削りな一枚板のテーブルを挟んで、伯父伯母とあの男が向かい合っていた。

「ああ、空、お帰り」

伯母が少し慌てたように立ち上がり、伯父は黙って腕組みをしている。

そして男は、驚いたように眉を上げた。

「さっきの……」

「あ、あの、どうも」

ぺこりと頭を下げた空と、男を、伯母が戸惑ったように見比べる。

「もう、お会いになっだですが」

「先ほど、道を尋ねました」

男はそう言って立ち上がり、空に向かって歩み寄る。

「きみが……いや、あなたが空さんでしたか。私は、仙谷《せんごく》家の顧問弁護士、国原《くにはら》と申します」

名刺を差し出され、空は面食らった。

男の言葉遣いが先ほどとは違う、近寄りがたい敬語に変わり、空さんなどと呼ばれ……そして差し出された名刺はどういう意味なのか、自分が受け取るべきものなのか。仙谷家とはなんなのか。

おそるおそる手にした名刺にはシンプルな書体で、弁護士事務所の名前と「国原陽司《ようじ》」とある。

「空は、なぁにも知らんです！」

伯父が野太い声を荒げた。

もともと無口で無愛想な伯父は、根は優しく穏やかな人間だが、声を荒げると人を驚かす迫力がある。

しかし国原と名乗った男は全く動じるそぶりも見せず、伯父を振り向いた。

「では、知っていただかなくてはなりません。宮部《みやべ》さんからお話ししていただけますか」

穏やかながら、断固としたものを含む口調。

「あんだ……」

伯母が取りなすように声をかけると、伯父はふうっとため息をついた。

「空、こっぢ来て座れ」

伯父の言葉に、空と、そして伯母と国原も、テーブルに着く。

何か重大な話があることだけはわかり、空は緊張して伯父をみつめた。

「……おめ、おがさんのこどはおぼえでっが」

空は首を横に振った。

母の記憶は全くない。空を産んで間もなく亡くなり、東京かどこかで勤めていた父は空を連れてここへ帰ってきて、しばらくは伯父と一緒に農場をやっていた。

しかしその父も空が五歳の頃に亡くなり、それ以後、伯父伯母が空の親代わりとなって育ててくれたのだ。

空にとっては、この伯父伯母が、実の親にも勝るとも劣らない大事な存在となっている。

「おがさんは東京の人で、お金持ちの大変な親戚がいだそうだ。その親戚の人が、跡取りがいねがら空を欲しいんだど」

母方の親戚のお金持ちが、跡取りに空を欲しいと言っている?

「欲しいって……」

空は戸惑った。

跡取りになるということは、養子になるということだろうか。それは、自分がここを離れて東京に行くということだろうか。そんなことは考えたこともない。

「おら、行がねよ」

降って湧いたような話だが、考えるまでもなく、伯父伯母も当然同じ気持ちだろうと思っていたのに……

二人は、ちらりと視線を交わした。

「……簡単に答えることでは、ね」

むすっとして伯父が言い……

「この人の話を、ちゃんと聞げ」

伯母も重い口調で促し、ため息をつく。

空の目を見ようとしない伯父伯母が、何か妙な雰囲気だと空は感じた。

「……では、ご説明させていただきます」

国原が空に向き直ると、伯父はふいに立ち上がった。

「牛見でぐる」

大股で出ていった伯父を見送ってから、国原は不安げな顔をしている空に、微笑んで見せた。

「伯父さまには、先ほどざっとご説明したのですが」

穏やかに、空を落ち着かせようとする声音。

「実は空さんは、たった一人の候補というわけではないのです。もうお一人いらっしゃり、お二方からいずれ、当主となる方を決めさせていただくことになっています」

「もう一人？　だったらその人がなればいいんでね……のすか？」

「当主は、選択肢がある状況をお望みなのです」

そう言われても、空にはよくわからない。

国原は、ゆっくりとかみ砕くようにして、空に説明した。

空が承諾すれば、ただちに東京の私立高校に転校手続きを取ること。

仙谷家本家の屋敷で暮らすこと。

少なくとも高校の間は、候補の見極めの時間として使うので、決定は先になること。

もし後継者に選ばれなくとも、仙谷家の縁者として大学までは仙谷家で面倒を見てくれること。

そして、仙谷家が由緒ある家柄で、いくつもの企業の創業家であり、大株主であり、その一員として迎えられることは、それなりの地位を約束された、大変名誉なことである、とも。

しかしそういった説明も、空にとってはなんだか摑《つか》み所のない現実離れしたことで、それが意味するのは「この土地を離れ、伯父伯母のもとを離れる」ということだけ。

「おら……行ぐ気はねです」

おずおずと、けれど拒絶の意思だけははっきりと込めて空が言うと、国原はじっと空をみつめた。

「今この場でお決めになる必要はないのです。伯父さま伯母さまとも、よく話し合われてから結論をお出しください。お考えになる間、私は下の街のホテルで、お待ちしておりますから」

街といっても小さな田舎町で、駅前にたった一軒、寂れたビジネスホテルがある。

この人には似合わないような気がするそんな場所で、もう決まっている自分の考えが変わるのを、いつまでも待つつもりなのだろうか。

それは、空の気が変わることを前提とした行動のようで、空の胸にざわりと不安が広がる。

「おら、絶対……」

「空」

傍《かたわ》らから、穏やかに空を制したのは伯母だった。

「この人の言うとおりだ、とにかく話し合うべ、な?」

まるで、伯父伯母のほうには話し合う余地があるとでも言うようだ。

伯母は同じ穏やかな顔を国原にも向けた。

「なるべく早く、お返事いだします、お待たせしすぎでは申しわげねですから、長いこと泊まり込みでは、奥さまもご心配なさっことでしょがら」

「……いえ」

国原は首を振った。

「配偶者はおりませんので」

「あらぁ」

伯母は驚いた声を上げた。

「奥さま、いらっしゃらねですが。いい男なのにはぁ」

テレビなどもあまり見ず、田舎の小さい集落だけがほぼ世界のすべてと言っていい伯母の、いい年をした大人の男――しかも容姿も際立ち、弁護士という立派な仕事を持っている男がなぜ、という単純な驚きに……

国原は気を悪くした様子もなく、真面目な顔で首を振った。

「これからも妻を持つことはないと思います。私は同性愛者ですので」

さらりと言われた言葉に、空と伯母は固まった。

伯母はその言葉が理解できずに。

空はなんとなく世の中にそういう人がいるらしいと知ってはいたものの、目の前にいて普通に会話をしている普通の人間が「そう」だという非現実感に。

二人の沈黙をどう取ったのか、国原はかすかに苦笑した。

「隠していることではありませんし、この先仙谷家との関わりの中で、いずれ空さんもお知りになることでしょうから、事前にお伝えしたまでです。では、失礼」

すっと立ち上がり、玄関のほうに向かい……ドアの前で振り向いた。

「よいお返事をお待ちしています」

穏やかで慇懃《いんぎん》な、たった今自分が投げ込んだ爆弾のことなど気にもしていない雰囲気。

そのまま、外に出ていく。

「あ、お見送りしねど」

伯母はあたふたとあとを追い、取り残された空ははっと我に返った。

よいお返事。

そんなことを期待されても困る……と戸惑いながら。


「おら、行がなくてもいいんだべ？　明日にでも断ってくっから」

夕食の席で伯父伯母と改めて向かい合い、勢い込んで空は言った。

伯父伯母も同意見だと疑うことなく。

しかし……伯父は、難しい顔でふうっとため息をついた。

「簡単に結論を出すごとでね」

「え……だって」

「空、よく聞げ」

伯父は珍しく、改まった固い口調になった。

「うちでは、おめを大学にはやれね。しがし、あちらに行げば、大学も就職も世話してくださるってごとでねか。おめの将来を考えだら、どっちがいいがは明白だべ」

「え」

まさか伯父の口から、国原の話を受けろというような言葉が出るとは思わなかった空は一瞬絶句した。

「……だって」

ようやく、反論を思いつく。

「おらは、大学なんでもともと行ぐ気はねえし……就職だって……高校出だら、農場ちゃんとやっぺど思って……」

「したけどおめは、本当は勉強好きだべ」

ぼそりと伯母が言い、伯母も同じ考えなのかと、空は驚いた。

「そりゃ……嫌いじゃ、ねけど……」

田舎ののんびりした高校ではあるが、空の成績は悪くない。

それでも、一番近い大学でも県庁所在地にある国立大学で、ここからはとても通えず、下宿して通うような経済的余裕もないことはわかっていたから、進学など考えたこともなかった。

そして、伯父が酪農をやり、伯母が畑をやるこの小さな農場には、自分の手が絶対に必要だと……高校を出たら、ようやくちゃんと役に立てると、その日を待ち焦がれてさえいたのに。

「したって、おらがいなくなっだら……牛を集めだり……畑の出荷どが……」

「おめがいなくても、やれる」

伯父はきっぱりと言った。

「どっぢにしても、もう何年かで、牛のほうはやめっかと思ってだ。俺だち二人だげなら、畑のほうで食べていけっからな」

空は、はっとした。

確かに、酪農は大変だ。

それに、数年前にこの地方で流行った家畜の伝染病で受けた打撃は大きく、まだ借金があるような話もちらりと聞いている。

二人だけなら、畑だけで食べていける。

二人ではなく……空がいるから、酪農をやめられない……？

それは空にとって、はじめて思い至った事実だった。

だとすると……自分は伯父たちに、そんなに負担をかけていたのだろうか。

「おらがいると……迷惑なのが……？」

「誰もそんなことは言ってね！」

伯父は語気荒く言って席を立つと、部屋から出ていってしまった。

「空」

呆然《ぼうぜん》としている空に、伯母が穏やかに語りかける。

「あんなごと、言うもんでね。伯父さんも伯母さんも、どんだけ空がいて助かってっか、空がそれはよくわがってっぺ。空がここにいで、手伝ってくれんなら、伯父さんもどんだけ嬉しいかわがんね。でもな、この先空が嫁さんを貰って、子どもができて、食べさせていけるほど、この農場に先があるかどうかもわからんのよ」

そっと伸びてきた伯母の手が、テーブルの上で握りしめられていた空の手を包んだ。

空が子どもの頃からよく知っている、伯母の温かな手。

しかしいつの間にか、皺《しわ》が寄って小さくなっていることにふと気付く。

「空が行きだくないのなら、無理にあちらさ行げとは、絶対に言わね。ただ、すぐに決める話でもね。あの国原さんで人も、時間をくれるって言ったっぺ？」

無骨で言葉の少ない伯父が考えていることを、いつでも伯母はちゃんとわかっていて、フォローしている。

この伯母の言葉が、伯父の気持ちそのままであることは、誰よりも空にはよく理解できる。

そんな伯父伯母と、この先もずっと一緒にいられると思っていたのに。

高校を出たら、今までよりずっと役に立てると思っていたのに。

「な？　よっく考えてみれ」

伯母の声音の優しさが胸に沁《し》みて、気がつくと空はぽたぽたと涙を膝の上に零《こぼ》していた。


その夜、空は眠れずに何度も寝返りを繰り返した。

ベッドの足下の自分用のマットに寝ていた羊の雲が、何か異変を感じたようにのそりと身を起こし、ベッドに顔を乗せるようにして空を覗き込む。

空は、両手を伸ばして雲のふかふかした身体を抱き締めた。

「……おら、決めねばなんねのかな……」

呟く空の声に、たった数時間でいくつも大人びてしまったような響きが混じる。

伯父伯母は、両親が亡くなったあと、空を本当の子どものように育ててくれた。伯父の厳しさと伯母の優しさに包まれて、空は、自分が他の子どもと違うのだなどと考えたこともなかった。

けれど……それは甘えだったのかもしれない。

自分が思っていたよりも農場の経営が思わしくなく、自分がいることが経済的な負担になっているのなら。

仙谷家とやらに行けば……その負担を取り除ける。

このままここで農場を手伝っても、空の存在は新たな収入は生み出さない。

しかしもしかしてあちらの跡取りになれば、お金持ちになって伯父伯母に恩返しができるかもしれない。

跡取りになれなくても大学まで出してもらえるのなら、どこか給料のいいところに就職して、やっぱり伯父伯母に仕送りくらいはできるだろう。

ただ……

空の胸の中の一番辛い部分は、掌に感じる雲の温かさだった。


別れの日はあっという間にやってきた。

あの黒い車が玄関先に停まっている。

空が必要とするものはすべて仙谷家で揃えてもらえるが、気持ち的に持っていきたいものは持っていくようにと言われると、それほど荷物は多くない。通学用のボストンバッグひとつでじゅうぶんだ。

本当の本当に持っていきたいのは……

「雲、元気でいろな」

車に乗り込む前に、空はしゃがんでもう一度雲を抱き締めた。

ふんわりと土の匂い。ふかふかの、しかし掌を押し返すような弾力のある毛の優しい肌触り。

甘えるように空の肩に顎《あご》を乗せてくる雲と、離れなくてはいけない。

小さな……たとえばハムスターのようなペットならば連れていけたかもしれないが、東京のお屋敷にいくらなんでも羊は無理だ。雲にとっても、東京暮らしは幸せではないだろう。

それは、仙谷家に行くと決意したときからわかっていたことだった。

「空、きりがね」

伯父が重い口調で促す。

「雲のごとは、ちゃんと面倒みっがら、な」

伯母も優しく言い、空はしぶしぶ立ち上がった。

別れの言葉は済んでいるけれど、もう一度深々と頭を下げる。

「今まで、ありがど」

「ん」

目を潤ませる伯母の横で、伯父がむっつりと頷く。

「さあ……では」

そのやりとりを黙って見守っていた国原が、空を促した。

行かなくては。

後部座席の扉を国原が開けてくれている。そこに、空は乗り込んだ。

ドアが閉まる。

国原が運転席に乗り込む。この間道案内をしたときは助手席だったのに……それだけで、なんだかもう自分の境遇が変わったように落ち着かない。

車が走り出す。

窓に顔をくっつけて背後を見る空の目に、車を追って走り出そうとする雲を伯父が押さえ込むのが見えた。

山を下り、街を通り過ぎ、やがて車は高速に乗る。

「……大丈夫ですか」

窓に額をくっつけたままの空を、ミラー越しにちらりと見て国原が尋ねた。

「永遠の別れではありませんから」

「……あ、はい」

空は、慌てて前を向いて座り直した。

もう、後戻りはできないのだ。自分で決めたことだ。

「高速がら景色みんの、はじめてすから」

ただ、景色を見ていただけなのだと言い訳めいたことを口にして、それがまた自分の世間知らず加減を表すようでちょっと恥ずかしくなる。

もう何ヶ月かすれば、修学旅行ではじめて高速に乗るはずだったのだ。

「遠出をしたことは全くないのですか」

国原の声に、軽い驚きが籠《こ》もる。

「あ……友達どかは、東京に遊びにいっだりとかしてんのすけど、おらんとごは……牛とかいっがら、家を空けらんなくで」

中学の修学旅行で高速を使わないところに二泊した以外、泊まりがけの旅行などしたこともないが、空はそれを当然のことと思っていた。酪農は、家族全員が力を合わせてやるべき仕事なのだ。それを不満に思ったことなど一度もない。

「それに、雲がいっがら。雲は、ずっとおらの部屋で寝でたんのす。雲がちっちゃいどきは、ほんどに一緒に寝てたのすけど、あんなにでっかくなると、一緒の布団で寝るのは無理で。でも冬は、雲にくっついで毛布被ってると、布団の中よりもあっだかくて」

空は、自分の声が潤んできたのに気付いて、はっと口をつぐんだ。

国原のような大人の男の人に、めそめそしている男子とは思われたくない。

おそるおそるミラー越しに見た国原は、笑うでもなく、あからさまな同情を見せるでもなく、淡々と運転をしていて、空はほっとした。

今の空にとって、一番望ましく快く思える態度だ。

空はほうっとため息をつき、意識を、置いてきた過去ではなくこれから向かう未来へと切り替えようとした。

「……おら、ちゃんとやれると思いますが？」

行くからには、頑張って当主に認められて、跡取りにならなくてはと思う。

だがそれは、本当に自分に務まるような地位なのだろうか。

ちゃんとやっていけるのだろうか。

漠然とした不安を口にすると……国原はちらりとミラー越しに空を見た。

「それは私にもわかりません。やってみなければわからないことです」

国原の口調は穏やかでありながら、そっけないとも言えるものだったが、空はその答えにむしろほっとした。

根拠もなく「大丈夫です」などと保証されても嘘《うそ》っぽい気がする。

しかし国原はそんなことは言わない。その、隠し立てのない率直な態度は、とても信頼できる感じだ。

こういう人がいてくれれば、頑張れるような気がする、何かあったらこの人に相談できる……空は思った。


仙谷家の屋敷は、空の想像以上のものだった。

空が漠然と「東京」のイメージとして想像していた高層ビル街などを抜けて、塀で囲まれた、門構えの立派な住宅が建ち並ぶ区域も通り抜け、どちらかというと郊外という雰囲気の地域に入る。

そして、小高い丘の麓《ふもと》にある、まるでこの先に学校でもあるのではと思わせる洋風の門を抜けて、手入れされた高い木々が両脇を守るゆるやかな坂を上ると……

丘の上に、その家は建っていた。

尖《とが》った屋根が連なった洋館は、家というよりは小さなホテルか城に見えなくもない。

車は玄関の前の、四本の柱に支えられた屋根のある車寄せに停まる。

玄関前にはすでに黒いスーツを着た中年の男性が立っていて、車が停まると同時に空が乗る後部座席のドアを開けた。

「お待ち申し上げておりました」

そう言って、頭を下げる。

自分に言っているのだろうか。このまま車を降りていいのだろうか。

国原を見ると小さく頷いたので、空は慌てて転がり出るように車を降りた。

「あ、あの、すいません」

ドアを開けてくれた男性に頭を下げると、驚いたように相手の片眉が上がる。

しかしそのまま男性は黙って車のドアを閉め、今度は開け放ってあった玄関の扉の脇に立つ。

運転席から降りてきた国原が、空の隣に並んだ。

「さ、中へ。ここが、次の主人を待ち焦がれている、仙谷家の本宅です」

国原に低く促されて、空はおそるおそる玄関の中に入った。

モザイクのように石が貼られた広い玄関。

高い天井からは、ガラス細工のような照明器具が見下ろしている。

その先に、真ん中にローズピンクの絨毯《じゅうたん》が敷かれた、広いフローリングの廊下がある。

両脇には、細工がほどこされた一枚板の扉が並ぶ。

とっさに目に入ったのはそれだけだった。

それよりも、七、八人の大人が、ずらりと並んでいるのに驚いたからだ。

男性は黒っぽいスーツ、女性も地味なワンピースを着て、白いエプロンを着けている人もいる、三十代から四十代といった感じの男女。

これが……この家に住んでいる人たちだろうか。

仙谷家の家族構成についてはまだ何も聞いていない。

一族の人たちが皆ここに住んでいるのか、自分が来るので見に来たのか、だとしたら当主はどの人なのか。

空が想像していたのは、せいぜい田舎の大きな農家か、テレビで観る立派なマンション程度のものだったのに。

とんでもなく場違いな場所に来てしまったような気がする。

しかし、ここで後ずさりして帰るわけにはいかない。

「宮部空さんです」

国原がことさらに声を張り上げるでもなくさらりと告げると、人々は無言で深々と腰を折り、頭を下げた。

　空も慌てて頭を下げる。

「宮部空です、よろしぐお願いします」

　精一杯、よそ行きの口調でそう言って頭を下げると……

　突然、笑い声が聞こえた。

「何それ、どこの田舎から連れてきたわけ？」

　顔を上げて声の方向を見ると、そこには、一人の少年がいた。

　空と同い年くらいだろうか、しかし空よりも背が高く体格もいい。

　濃いめの顔立ちは整ってはいるが、ちょっと人を小馬鹿にしたような笑みを浮かべている。

「裕弥《ゆうや》さん」

　国原が落ち着いた声に、わずかにたしなめるようないろを滲《にじ》ませた。

「空さんは、東京ははじめての方です。お屋敷でも学校でもご一緒なのですから、わからないことは教えて差し上げてください。空さん、こちらは、裕弥さんです」

　紹介される前から、空にはわかった。

　候補はもう一人いて……二人のどちらかを次期当主に選ぶのだと聞いている。

　この、裕弥という少年が、その相手なのだ。

　ということは、相手は自分をライバルだと思っているのだろう。

「空です、よろしぐおね……おねがい、します」

裕弥はぷっと吹き出した。

「参ったなあ。まあ、よろしくされてもいいけどね」

揶揄《やゆ》するような口調に、初対面から好かれていないと感じ、空の心にじわじわと不安が募ってくる。すると……

「では空さん、私はここで失礼いたします」

横からふいに国原がそう言ったので、空はぎょっとした。

「ど、どこへさ行ぐのすか!?」

この玄関先に、見知らぬ人の間に自分を置いて。

思わず国原の袖に縋《すが》りつきそうになると、国原はその手を避けるように一歩下がった。

空ははっとして、縋りつこうとした自分の手を握りしめる。

国原にも、いきなりここで拒絶され、見捨てられるのだろうか。

「落ち着いてください」

国原の表情と声は、変わらず穏やかだ。

「私はここに住んでいるわけではないのです。空さんをお連れするまでが仕事です」

「も……会えないのすか」

「必要なときには参ります。どうか、ご決心を忘れずに」

国原は空に向かって力付けるように頷いて、そのまま踵《きびす》を返して、出ていってしまう。

取り残された空に……

「国原さん、他人に触られるの嫌いなんだよ。それも知らないの？」

裕弥が呆《あき》れたように言った。

「あ、それとも国原さんの気を引こうとした？　残念ながらあの人、子どもは相手にしないはずだよ」

空には、裕弥が言ったことの意味がわからず……

一瞬置いて、はっとした。

国原は、自分を「同性愛者」だと言った。

裕弥もそれを知っていて……そして、空が「そういう意味で」国原の気を引こうとしたと、そう言っているのだ。

かあっと頰が火照《ほて》った。

そんなことはまるで考えていなかったのに。

「おらは、そんな！」

「突っかかってくるなよ」

裕弥はむっと不機嫌そうな顔になり、玄関脇にいた、最初に空を出迎えてくれた中年の男性に声をかけた。

「俺、もういいんだよね」

「はい。空さま、私がお部屋へご案内いたします」

いつの間にか空の荷物は別な男性が持っている。

「あ、すみません、自分で……」

空が荷物に手を伸ばしかけると、

「ご用は使用人が承ります。それから、お靴は履かれたままで」

ホールから廊下の絨毯に上がる段差で靴を脱ごうとした空を、男性は事務的な口調で制す。

使用人。

ここにいる人たちは、使用人なんだ。

空は改めて、とんでもないところに来てしまったと思いながら、先に立って歩く男性に、慌てて付き従った。


案内された空の部屋は、二階の奥にある二間続きの寝室と勉強部屋だった。

国原が言っていたように、必要なものはすべて揃っている。クローゼットの中に、ちゃんとサイズの合う衣類や靴まで並んでいる。

「こちらが学校の鞄《かばん》や教科書類、制服はこちらでございます。毎朝、七時にお車をご用意いたしますので、裕弥さまとご一緒に登校していただきます」

男性が説明する。

「お夕食は一階のダイニングでお取りいただきますので、お呼びいたします。もし先にバスルームをお使いになるようであればご用意いたします。お夕食時にはこちらを」

クローゼットから取り出されて、しゃれたハンガーにかけられる一揃いの服。

「ミニキッチンに、ある程度のお飲み物やおやつは用意させていただきます。何かお好みのものはございますか」

「あ……い、いえ……」

空は戸惑って首を振った。

まるで高級ホテルに来たようだ。

ここで……自分が生活するのだとはとても考えられない。

男性は一通りの説明を済ませると、

「では後ほど、お夕食のお迎えに参ります」

と、出ていこうとする。

「あ、あの」

空は慌てて呼び止めた。

「何か」

「い、いろいろ、ありがとございます。それであの、名前を、うかがってなくで……」

はじめて男性の前で長い文章を喋《しゃべ》ったような気がする。

すると、謹厳な表情を崩さない男の目の下が、ぴくりと動いた。

笑いかけた、のだろうか。

しかし男性はすぐに頭を下げたので、表情は見えなくなる。

「大変失礼いたしました。私、前沢《まえざわ》と申しまして、この屋敷を取り仕切っている者でございます。

「何かご用がございましたら、壁のボタンをお押しください」

前沢という男性が出ていってしまい……空は部屋にぽつんと取り残された。

所在なく部屋を見回す。

勉強部屋も寝室も、十畳以上ありそうな広さ。

カーテンや壁紙などは淡いグリーンで統一され、部屋には機能的なデザインのデスクの他に、テレビやゲーム機まで置いてある。

冷蔵庫にはいろいろな飲み物。「おやつ」というのは、小腹が空いたときに食べられそうなパン類や市販品ではない菓子類など。

高校生の男の子を受け入れるのに、必要なものはすべて揃えたという感じだ。

それでも……部屋は広すぎ、何もかもがきれいで、高級そうで、触ってみるのさえ躊躇《ためら》われる。

結局、そのままぼうっと椅子に座って、手持ち無沙汰に転校先の教科書を眺めていると……

「失礼いたします、空さま」

ノックの音がして、そのまま静まり返る。

空が緊張してドアをみつめていると、しばらくしてもう一度、

「空さま、よろしいでしょうか」

と、声がかかる。

「あ、は、はい！」

慌てて返事をすると、ドアが開いて先ほどとは違う少し若い男性が入ってきた。

「お食事の時間ですので、ご案内を……お召し替えのお手伝いをいたしましょうか」

空ははっと、食事まで着替えなければならなかったのだと思い出して飛び上がった。

「あ、す、すみません、自分で……急いで、着替えますがら」

男性の頬がぴくりと動き……先ほどの前沢とは違って、笑いになりかけるのを慌てて抑えたように見える。

自分の……何かが変で、笑われているのだろうか？

空は不安を覚えながらも、大急ぎで寝室で着替える。

グレーのスーツにえんじのネクタイ。食事をするのに、わざわざこんな格好をしなくてはいけないのだろうか。

空が通っていた学校は学生服だったので、ネクタイが結べない。

「……空さま？」

勉強部屋のほうから、遠慮がちに声がかかる。

「あ、待ってくださ……ネクタイ、が」

「お手伝いいたします」

空が寝室を出ると、男性は生真面目な表情で手早く空のネクタイを結んでくれ、申し訳なく、情けなくなる。

部屋を出て、廊下を歩き、階段を降り、また廊下を歩き、開け放たれた扉を入ると、そこには白いテーブルクロスのかかった楕円形のテーブルがあり、すでに裕弥と、見知らぬ中年の男が席に着いていた。

「人を待たせるなよ」

裕弥がつっけんどんに言って、空は慌てて頭を下げた。

「す、すみません、ネクタイが結べねぐて……」

「は？」

裕弥がわざとらしく耳に手を当てた。

「何を言ってるのか、全然わからない」

声が小さかったのだろうか。

「ネクタイ、が……」

「いいから、まずは座ってください」

席に着いていた中年の男性が、眉を寄せて言った。

使用人が引いてくれた椅子に、不器用にぶつかりながらなんとか腰を下ろすと……

「私は、お二方の教育係を務めさせていただきます、波賀《はが》と申します」

男性が自己紹介する。

教育係ということは……先生だろうか。

「といっても、たいしたことは教えてくれないよ」

裕弥が混ぜっ返し、その失礼な態度に空はぎょっとしたが、波賀は気にするふうもなく、空に向かって言葉を続ける。

「お二方の保護者的役割も仰せつかっております。明日、転入の手続きには私がご一緒に参ります。朝食と夕食もご一緒いたします。空さんは、食事のマナーはある程度ご存じですか」

無表情に近い顔、事務的な口調は、親しみが持てるとはとても言えない。

そして……マナーという、言葉。

「よく……わがんね……わがらない、です」

空は小さくなって答えた。

「仙谷家の当主候補であるからには、そういったマナーも身につけていただかなくてはなりません。まずは、食事の時間に遅刻はもってのほかです」

「すみませ……」

「結構です、では食事を」

波賀が合図をすると、食事が運ばれてきて……空はテーブルに並べられているナイフやフォークに気付いて、背中に汗が伝うのを感じた。

食事が終わって部屋に戻ると、空は疲れ果ててベッドに倒れ込んだ。

豪華な食事は量もたっぷりあったのだが、食べたような気がしない。味もまるでわからなかった。

ナイフやフォークはうまく使えないし、マナーという名の規則はとても一度では覚えきれない。

そして……食卓での会話。

空が何か言っても、裕弥は「何言ってるか全然わからない」と笑うばかり。

波賀は表情を変えなかったが、そういえば使用人たちも、空が何か言うと笑いを堪《こら》えているような気がする。

自分の……田舎言葉は、訛《なま》りは、聞き取れないほどひどいのだろうか。

考えてみたこともなかった。

これでも、家と学校では、言葉を使い分けているつもりでいたのだ。

伯父伯母のゆったりして温かな訛りは大好きで、家では自然に伯父伯母と同じように喋っていたし、学校に行けば、友達と話す言葉は少し今ふうで、先生には敬語を使って。

自分ではちゃんと使い分けているつもりだったのに、それでも馬鹿にされたり笑われたりするほど、自分の言葉はひどいのだろうか。

この屋敷の中で人々が話す言葉は、どれもみな、人間味がなく冷たく感じる。

ただ一人……

国原だけは、きれいな東京の言葉を話すけれど、冷たい感じはしなかった。

国原は空と話すときに、かすかに微笑みはしたけれど、嘲笑している感じはまるでしなかった。

空は、国原のような人がいてくれれば、知らない環境でもやっていけるような気がしたのに、その国原は空をここに連れてくるのだけが役割で、いなくなってしまった。

その、国原に……

思わず縋りつこうとして、国原がすっと身を引いたことを思い出す。

他人に触られるのが嫌いな人も、いるんだ。

そんなことも知らないで……国原を不愉快にさせてしまっただろうか。

国原に会えたら謝りたい。

けれど、そんな機会はあるのだろうか。

そんなことを考えながらもなんとか眠りにつこうとしたが、深い眠りなどとても訪れてはくれず……

気がつくとベッドの下の、いつも雲がいたあたりを手で探り、その手はむなしく宙を掻《か》いていた。

＊＊

路地の奥にある目立たない扉を開けると、狭く薄暗い店の中には煙草と酒の匂いが充満していた。

カウンターが五席と、立ち飲み用のテーブルが三つあるだけの店内には数人の男がいて、入ってきた客に値踏みするような視線を投げかける。

国原は、そんな視線を気にも留めずに、空いているカウンターの椅子に腰を下ろした。

「あれ、久しぶりだね」

口髭《ひげ》を生やしたバーテンが瞬きする。

「どっか旅行でも行ってた？」

「そんな優雅なものか。仕事だ」

そっけなく答えた国原の横に、辷《すべ》り込むように髪を金髪に染めた二十代半ばの青年が座る。

ユキという呼び名の、二度ほど寝たことがある相手だが、特定の関係には至っていない。

というよりは、国原は誰ともそういう関係は結ばない。

「国原さんって、そんな出張するような仕事もあるんだ」

半ば媚《こ》びを含んだ声に、国原は思い切り眉を寄せる。

「今夜はお前と遊ぶ気はないぞ」

「そう言わないでさ」

ユキは気を悪くした様子もなく笑って、国原の肩に手をかけようとした。

すっと国原が身体を横に反らしてその手を避ける。

「これだもん、わかったよ、今夜は全くその気なし、オッケー」

ユキはあっさり諦めて、ホールドアップしてみせた。

二人のやりとりを、店の中の男たちが横目でちらちらと見ている。

「新顔が何人かいるよ。気に入った子がいれば」

バーテンが、国原の好みのカクテルを置きながら促す。

ここは、そういう店だ。

一杯飲みながら、気に入った相手を見つけて、一夜限りの遊びに誘う。

似たような店はこの界隈に何軒もあるが、ここはオーナーの方針で商売の人間を入れないのでしつこい駆け引きがなく、国原がもう何年か気に入っている店だ。

しかし、目的は必ずしも一夜の相手探しではない。

ここでは自分を繕わずにいられる、その気安さが必要なのだ。

もともと地方の素封家の息子だった国原だが、小学校に上がる前に家が傾いて破産し、親は離婚してどちらも行方不明になり、親戚をたらい回しにされて育った。

親の財産があるかないかで周囲の目ががらりと変わり、誰からも厄介者扱いされて、自分の性格はかなり歪《ゆが》んだと自覚がある。

それでもなんとか今の地位まで這《は》い上がれたのは、優秀な頭脳と負けず嫌いの性格のおかげだと自負している。

しかし、ここで満足はしていない。

仙谷家という日本有数の名家と、その仙谷家が抱える十を超える企業の問題に対応するために、有名弁護士事務所の複数の弁護士が担当となっている。国原は学生時代の伝手《つて》などをフル活用してその事務所に潜り込んだが、年齢が若いこともあって、まだ企業関係の重要な仕事に単独で携わるには至っていない。

そして今、はじめて専任で任されているのが、仙谷家の後継者選びという私的な事柄だ。

私的な問題ではあるが、これで仙谷家当主の信頼を得れば、それを足がかりにしてもっと上に行ける。仙谷家に関わる弁護士集団のトップまで行けば、そこから更に大きな仕事を手にすることも可能だろう。

とにかく目的は、確固たる地位と、それに見合った安定した財力だ。

弁護士資格はそのための手段だが、いずれもっと好条件の仕事があれば弁護士にこだわる必要もないと思っている。

二度と、親戚の家を転々としていたときのように相手の顔色を窺《うかが》ったり、金銭的なことでみじめな思いはしたくない。

それが国原のモチベーションになっている。

そしてそんな生き方の中、国原は処世術として、そつのない、穏やかで柔らかな物腰を身につけた。傍目《はため》からは、それが国原の本質と思われるほどだ。それが弁護士稼業に大いに役立つことは言うまでもない。

しかし……それはあくまでも生き抜くための仮面だと国原は思っている。

そつのない穏やかさの背後に、容易に他人を立ち入らせない境界は匂わせていて……プライベートにまで他人が入り込むことはうまく避けるよう立ち回っている。

そんな国原の本当の顔は、無愛想な皮肉屋だ。

この店に来ればそんな自分でいられて、しかも「クールな雰囲気がいい」と、かなりモテる要因にさえなっている。

自分が同性にしか欲望を感じない人間だと自覚したときには「参ったな」という感想だった。

出世のために結婚する、という選択肢が消えたからだ。

だが、こういう界隈に出入りするようになってみると、自分が自分のままでいられ、なおかつ適当に遊ぶ相手も見つかる場所は、心地いい。

だからといって、仕事に支障をきたすほど入り浸りはしないし、特定の相手と面倒な関係になることもない、そこはいくらでも自制は利く。

今夜も、そんな気晴らしを兼ねて、来てみたのだが。

店の中にさりげなく視線を這わすと、国原と視線が合えばすぐに寄ってこようという構えの男が数人。

面食いを自覚している国原がまあまあ合格だと思える若者が一人。

視線を捉《とら》えてやると、すぐに若者はやってきた。

隣にいたユキが「あ〜あ」とため息をついて傍《そば》を離れる。

「……はじめて見るな」

改めて隣に腰を下ろした若者は、カジュアルファッション誌の表紙をそのまま真似たような服装が、どことなく身についていないようにも見える。

「この店は二回目なんだけど……この間来たときは、あなた、いなかったから」

媚びを含んだ若者の言葉に、国原はかすかな引っかかりを覚えた。

「……年は？」

「いくつに見える？」

尋き返しながら、若者はカウンターに乗せた国原の手に自分の手を重ねてこようとする。

国原はすっとその手を引いた。

「……俺のこと、気に入らない？」

若者は傷ついた顔になる。

「その人、触られるの嫌いなんだよ」

さっきまで隣で話していたユキが、若者の肩を背後から抱くようにして話に割り込んできた。

「え？」

怪訝《けげん》そうに振り向いた若者に、ユキは肩を竦《すく》めてみせる。

「触られるのが嫌いなのに、セックスできるのが不思議だよね」

「それとこれとは別だ」

国原はぶっきらぼうに答えた。

他人から、何かしらの感情込みで触れられるのは好きではない。

セックスは、相手に触れることがルールのスポーツのようなものだから割りきれる。

それだけのことだ。

そう思いながら……国原の胸にちらりとよぎったのは、自分が今日、田舎から連れ出して仙谷家の屋敷に放り込んできた少年の顔だった。

国原が辞去すると知って、不安そうに縋りついてこようとした少年。

宮部空。

敢《あ》えて意識しないようにはしていたが、ずっと、あの不安そうな顔がどこかに引っかかっていたのだ。

自分は酷なことをしたのかもしれない、と思う。

田舎で幸せに暮らしてきたあの純朴な少年を、細い血縁の糸を辿って見つけ出し、権威と伝統のよそよそしい世界の中に放り出した。

かすかに胸がざわつくのは、罪の意識だろうか。

自分らしくないとは思うが、国原にだって良心くらいはある。

遠い親戚……ほとんど他人のような家で辛い思いをした国原自身の経験を思い出させるのだ。

彼は……あの家に適応できるだろうか。

「……ねえ、話くらいしてもいいの？」

隣から聞こえた焦れるような声に、国原ははっとした。

国原に触れないようにしながらも、視線で誘っている若者。

その言葉に……かすかな訛りがある。精一杯共通語を使ってはいるが、消しきれない訛りは、おおざっぱなくくりで、空の田舎と同じ地方のものとわかる。

ただ、空の声には、なんとなく聞くものを微笑ませる不思議な響きがあるところが違う。

年齢も、空よりふたつみっつ上程度だろう。

——空は今頃、あの屋敷で過ごすはじめての夜を、心細く思いながら過ごしているのだろう。

後継候補は自分一人だと思っていた裕弥はライバルが現れて面白くない気持ちを露骨に表していたし、教育係という名のお目付役である波賀は、裕弥の実家から推薦された人物だ。

裕弥の親は仙谷家が君臨する企業グループのひとつを任されており、裕弥を通じて仙谷家を支配することに大きな期待をかけている。

その二人と食卓を囲むのは、空にとって楽しい夜だったはずがない。

彼は権力や財力への野望などなく、ただただ伯父伯母に経済的負担をかけまいと、けなげな決意をしたのだ。

それなのに、自分はここで、空と大して変わらない年の、空と同じ地方の訛りを匂わせるこの若者の媚びに乗っかろうとしている。

そう思うと、国原の胸にかすかな自己嫌悪のような、苦いものがじわりと滲む。

「……悪いが、今日は帰る」

立ち上がり、飲み物の代金には少し余るはずの札をカウンターの上に置くと、

「え……えっ？」

「ちょっと」

驚いたような二人の声を背に、国原は店を出た。

＊＊

「宮部空です、よろしくお願いします」

ぺこりと頭を下げると、教室にしのび笑いが広がった。

顔を上げると、これから同じクラスになる少年たちが、にやにや笑いを浮かべて空を見ている。

その中に、裕弥もいる。

教師に示された席に、空は緊張しながら座った。

転校先の学校は、すべてが驚くようなことばかりだ。

制服は、白のポロシャツにベスト……これは三色あって好きな色を毎日選べる。

ジャケットは、薄手のグレーと厚地の紺、これも「衣替え」で一斉に変わるのではなく、気温や気分に応じて選べる。

ズボンも二色だ。

そして、始業式や終業式など行事があるときは、カッターシャツにネクタイを締めるらしい。

朝、「どれか」を選ばなくてはいけないだけで空はあたふたしてしまう。

校舎も驚きだ。

ビルなのだ。

通学は裕弥と一緒に仙谷家の車に乗っていくのだが、着いた先は都内にある十五階建てのビルで、空はまさかそれが学校だとは思わなかった。

下半分が中学、上半分が高校になっていて、エレベーターまである。

地下に体育館、最上階に武道場、屋上にプール。

グラウンドは別な場所にあって、授業でグラウンドを使うときは、バスで行くのだという。

転校の手続きで波賀に連れられて校長室に行って挨拶し、その後教務からそんな説明を受けて、空は呆然としてしまった。

つまり……この学校には「土」がない。

校舎の周囲に街路樹が並んではいるが、人工的な感じがする。

風が運んでくるのも排気ガスの臭いだし、聞こえてくるのは車の音や街のざわめきだ。

ここはお坊ちゃん校らしく、有名人の子弟や家柄のいい生徒が多いようで、その中でも裕弥がひとつのグループの中心になっているらしいことにはすぐ気付いた。

裕弥は空よりも少し前に仙谷家の後継者候補に選ばれはしたが、もともとこの学校に中学から通っているらしい。

「あれ、裕弥の親戚？」

「親戚たって、どれくらい血が繋《つな》がってるかもわからない遠縁だよ」

「でも裕弥のライバルなんだろ？」

「一応ね、二人以上の候補の中から選んだって体裁にしたくて、どっかから探してきたみたいだけどさ……あれ、問題になると思う？　ナイフとフォークも使えないんだよ？」

「それにあの自己紹介……ぷぷっ」

聞こえよがしの会話は当然空の耳にも入ってくる。

自分の自己紹介、ただ名前を言っただけなのに、何を笑うことがあるのだろうか。

立ち上がって、「なんでそんなこと言うんだ」と怒鳴りつけることもできる。

けれど……それを、やっちゃいけない。

初日から問題を起こしたりしたら、それだけで空の印象が先生にもクラスメートにも悪くなってしまうことは明白だし、仙谷家にも迷惑がかかる。

伯父伯母に迷惑をかけまいと決心して出てきたのに、帰されたりしたら水の泡になってしまう。

我慢だ。

空は膝の上でぎゅっと拳《こぶし》を握りしめた。


しばらくはクラス委員が一応転入生の面倒を見る役割を担ってくれるらしく、教室移動などのタイミングで声をかけてくれるし、カフェテリアで取る昼食にも誘ってくれる。

面白半分、義務感半分という感じで、前の学校の話なども尋いてくれる。

しかし空が何か話すと、やっぱり相手が笑いを堪えているのがわかる。

そんなに、自分の言葉は変なのだろうか。

いっそ「変な言葉」と大笑いしてくれれば「この言葉で育っだんだから仕方ね」と言い返すこともできるのに、はっきり言われなければ反論もできない。

これも、我慢だ。

悪いことをしているわけではないのだから、堂々としていればいい。

それに……学校は、勉強をするところだ。

今までとは教科書も進み具合も違うのだから、頑張ってついていかなくてはいけない。

初日から音を上げてどうする、慣れればきっと友達もできる。

そうやって……初日は過ぎた。

帰りも迎えの車が来て、同じように車で送り迎えされている生徒のための駐車スペースから裕弥に続いて乗り込む。

裕弥はすぐにイヤホンで音楽を聴き始めてしまい、会話はない。

——嫌われている。

それはおそらく、空という人間を嫌っているからではなくて、空が「ライバル」だからだ。

裕弥は仙谷家の跡取りになりたい。

だがそれは、空だって同じだ。

というより、空は仙谷家の跡取りにならなくては伯父伯母に恩返しもできない。

空自身は「ライバル」だからといって裕弥を嫌う気にはなれないけれど、向こうにその気がないなら仲良くなることもできないし、仲良くなるのはむしろ不自然なことなのだろう。

受け入れなければいけないことのひとつ、と思いながら、空はため息をついた。


数日が過ぎた。

屋敷では毎日、判で押したようなスケジュールが繰り返される。

朝起きる。

朝食を取る。

学校に行く。帰る。

帰り着くと波賀が迎え、そして夕食までは好きに過ごしていいと言われる。

好きに過ごすと言っても、部屋にいる以外することがない。

自分のものとしてもまだ全然馴染みのない部屋で、馴染みのない私服に着替え、空はふと窓のカーテンに目をやった。

厚地のカーテンの内側にあるレースのカーテンもどっしりと密度が濃くて、透ける感じはあまりない。それに、生活に慣れるのが精一杯ということもあって、外の景色など気にする余裕がなかった。

窓の外はどうなっているんだろう。

窓を開けて、外の空気を吸ってみようかと思い、レースのカーテンを横に引くと——

そこには、広々とした庭があった。

屋敷そのものが小高い丘の上にあって丘全体を敷地にしているようなのはわかっていたが、その敷地の中に、驚くほど広い庭がある。

木立に囲まれた広い芝生。

その周囲に、手入れされた花壇。

木立の向こうに白く光っているのは……ビニールハウス、とは違う……ガラスの温室だろうか。

空は急に、いても立ってもいられなくなった。

あそこには土がある。緑がある。

土を踏んで、花や草の匂いをかぎたい。

窓から身を乗り出して左右を見ると、庭に降りる階段が見える。

廊下に出て見回し、ここだろうかとひとつのドアを押してみると、果たしてそれが階段に通じる出口だった。非常口なのだろうか、靴のまま生活するのには慣れないが、すぐに外に出られるのは便利だ。

階段を降りる間にも、風が土と草の匂いを運んでくる。

下に降り立って、石畳のポーチから芝生の上に降りると、空は深呼吸した。

もちろん、田舎のあの山の中とは違う。

木々の種類も違うし、自然の香りの「厚み」がまるで違う。

それでも……家の中や、学校の建物よりはずっと、ほっとする。

芝生を囲む花壇には、バラやラベンダー、そして空が名前を知らない、見たこともない色鮮やかな花々が咲いている。

花壇伝いに歩いていくと……しゃがみ込んでいる人影に気付いた。

大きな麦わら帽子を被り、腰にタオルをぶら下げた老人。

手には移植ごてを持って、植物の植え替えをしているようだ。

老人は空の気配に気付いてか、ふと顔を上げた。

白い髭を生やした、血色のいい老人は、ちょっと眉を上げた。

「見ない顔だな。お前さんは誰だね？」

「あ……えっど……」

誰、と尋かれてどう答えればいいのか。

「おら、宮部空と言います。この間がら、ここに……」

言いながら、自分ではちゃんと話しているつもりだけれどこの老人も笑うのだろうか、とおどおどしてしまう。

老人は、笑った。

ただし、ぴくりと頬を震わせたり、笑いたいのを堪えて無表情になるのではなく……顔全体が笑顔になったのだ。

「はっは、お前さんが新しい坊ちゃんか」

それは心地いい笑い声だった。

「それで、早速屋敷の探検かね？」

こんなふうに誰かに話しかけてもらうのは、この屋敷に来てはじめてかもしれない。

空の心がふっと軽くなる。

「土と草の匂いがしだがら、なんが、我慢でぎなぐなって」

「ほうほう、土と草が好きか。今までいたところは、土と草がたくさんあったか」

老人はそう言ってよっこらしょと立ち上がる。

意外に背が高く、腹が出て恰幅《かっぷく》がいい。

「酪農ど、畑、やってだから」

「ほう、それはいいな。畑は、何を作ってた？」

「キャベツとが、ほうれん草とが……あど、伯母さんがアスパラを」

「ほうほう、野菜なら向こうの温室にあるよ」

老人は先ほど空が窓から見つけていたガラスの温室のほうを示す。

「本当に？　なんの野菜すか？」

「昨夜も今朝も食卓に出たと思うがね、サラダの野菜はほとんどここでわしが作ってるよ」

すごい！

食事の時間は、マナーを覚えるのに精一杯で味も何もわからないくらいだったのだが、ようやく少し味がわかるようになってきて、今日の朝食には見たことのない野菜がたくさんあるのに気付いた。

「あの、黄緑色の、尖ったカリフラワーみたいなのもすか？　ブロッコリーとも違うど思っだんすども……甘みがあっておいしがったのす」

「ロマネスコだな」

老人はにっと歯をむき出す。

「イタリア野菜はいろいろ面白いものがあるよ。赤いキャベツみたいな、ちょっと固めのがあったと思うんだが、あれはラディッキオ。野菜に興味があるなら、温室を見てみるかい？　花もいろいろあるよ」

「見たいだす！」

空が勢い込んで頷くと、老人は「こっちだよ」と先に立って温室のほうに歩き始めた。

畑仕事をやっている人独特の、足腰のしっかりした歩き方に、伯父を思い出して空の胸がじんわりと温かくなる。

誰かとこんなに長く話すのも久しぶりだ。

この老人は、外の仕事をしている人だからだろうか、家の中の使用人とはまるで違って、気軽に話ができる。

「黄色いにんじんも、おじいさんが作ってるのすか。甘くで、にんじんじゃねみだいだった」

「黄色だけじゃなく、白いのや黒いのもあるよ」

「ほんどすか！」

話しながら、思っていたよりもかなり大きな温室に入ろうとしたとき……

背後の立木の間にある散歩道のようなところから、裕弥が歩いてくるのが見えた。

空と老人を見てぴたりと足を止め……眉を寄せてこちらを見る。

それから、耳に入れていたイヤホンをもぎ取るようにして、早足で近寄ってきた。

「こんなところで何してるんだよ！」

鋭い口調。

空は戸惑った。

庭に出てはいけなかったのだろうか。だが、裕弥だって何か聴きながら散歩していたのだとしたら、空だけ出てはいけない理由などないはずだ。

「おら、ただ」

「使用人と気安く話しちゃいけない、そんなことも知らないのか」

裕弥はじろりと老人を見た。

「お前が庭師なんかと大声で話してたって、波賀さんに言ってやるからな」

空ははっとした。

屋敷の中の使用人は、必要最低限のことしか話さず、取っつきにくいと思っていた。

それは……「話しちゃいけない」からなのか。

そんな決まりがあるのか。

そして、教育係である波賀に言いつけられたら、空が怒られるだけではなく、この庭師の老人も怒られてしまうのかもしれない。

「お、おらが悪いんだ！」

空は老人を庇《かば》うように一歩前に出た。

「おらが話しかけだんだ、おじいさんは悪ぐね！」

「どっちからだとしても、立場をわきまえない二人だってことだよ」

裕弥は、無言で俯《うつむ》く老人には視線も向けず、勝ち誇ったように空を見て、すたすたと遠ざかっていく。

「……おじいさん……あの、ごめんなさい」

空は小さな声で言った。

「誰がに怒られだら、おらが悪いんだって言ってでください」

「いやいや」

老人も小声になって首を横に振る。

「だが、もう行ったほうがいいな。温室を見せられなくて残念だった」

そうだ。これ以上言葉を交わして、老人の立場を悪くしたくはない。

空はぺこりと頭を下げ、屋敷のほうに走って戻りながら……

この生活に、自分はどこまで耐えられるだろうかと、ふと思った。


翌日、空が学校から帰ると……

「お帰りなさい」

波賀と一緒に、思いがけない人が出迎えた。

「国原さん！」

空はその人を見て思わず叫んだ。

相変わらずスーツをきっちりと着こなした国原は、東京での生活になんとか慣れてきた今見ても、やはり都会的で洗練された大人の雰囲気だ。

そして空にとっては……

信頼し、自分を預けて東京に来たつもりが、あっさり去られてしまって寂しい思いをさせられた相手でもある。

しかし、空を連れてくるのが仕事だったのだし、他にも忙しい仕事がたくさんあるのだろう、何かあったら相談できる人だと勝手に思い込んでいたのが早とちりだったのだと、自分を納得させていた。

その人が突然現れ、口元に穏やかな笑みを浮かべて空を見ている。

「ど、どして?」

駆け寄りながらも、「触られるのが嫌い」ということはとっさに思い出して、目の前で立ち止まる。

「お久しぶりです、お屋敷や学校には慣れましたか」

国原の問いに、空は一瞬びくりと裕弥の視線を意識しながらも、頷いた。

「はい、なんどが……でもまだ、わがらないことが多くで」

「なんとか慣れたつもりなんだ」

案の定、裕弥が意地の悪い茶々を入れる。

しかし国原は裕弥の言葉は耳に入らぬように、空に向かって言った。

「今日から、夕食までの時間を私がお相手いたします」

「ええ? どういうこと?」

空が何か言うより早く、裕弥が不満げに対応する。

「そいつにだけ、何か特別な教育でもあるの?」

「裕弥さん」

波賀が、意味ありげな笑いを浮かべながら裕弥に耳打ちした。

「訛りの矯正教育だそうですよ」

「……ああ！」

裕弥が目を丸くし、当然そのやりとりが耳に入っていた空は、かあっと赤くなった。

訛りの矯正。

自分の言葉がそれほどひどいと……誰かが判断したのだ。

この屋敷の中のことはまだわからないことだらけで、空や裕弥についてのなんらかの判断を、誰が下しているのかよくわからない。

当主という人は姿も見せないし、他の親族のような人も見ない。

波賀が空と裕弥の「教育係」として二人に指導する権利を持つ。

そうは言っても波賀は明らかに「裕弥寄り」の人物で、食事のときにマナーを指導する以外に特に勉強を見てくれるわけでもなく、裕弥と一緒にいることのほうが多い。

それでも、もし空に「訛りの矯正」が必要と判断して、当主か誰かに報告したのだとすると、おそらく波賀なのだろうという気がする。

「でも、どうして国原さんが？」

裕弥の問いに、国原は無表情で答える。

「私にはたまたま、そういうノウハウが少々ありますのでね。では空さん、早速お部屋のほうで」

「あ……は、はい！」

屋敷の中の勝手がわかっているようで、空の部屋のほうに向かって歩き始める国原を空は慌てて追った。

よくわからない。弁護士の国原に、どうして「訛りの矯正」のノウハウがあるのだろう？

だが、自分の言葉があまりにも変で、それを直さなくてはいけなくて、誰かにそれを教わらなくてはいけないのなら……

それが国原であることは、ありがたいような気がする。

「さて」

勉強部屋で椅子に向かい合って座ると、国原は空をじっとみつめた。

空がここに来てからの数日で、どこか空に変わったところがあるかどうか見定めようとするかのように。

空はなんとなく落ち着かない気持ちで、身じろぎした。

すると……

「空さんは、私から学ぶ意思はおありですか」

国原は突然そう尋ねた。

「え、あ、はい」

「言われたから仕方なく、ですか。それとも、あなた自らの意思で共通語を会得したいと思っていらっしゃいますか」

空は言葉に詰まった。

言われたから仕方なく……なのだろうか。

伯父伯母の元で暮らしていれば、言葉のことなど考えずにすんだだろう。けれど、自分はあそこを出て、東京で暮らし、仙谷家の跡取りになれるものならなろうと決心した。

東京に来て、周囲の人たちに笑われているのが、言葉のせいなら。

本来なら、他人の言葉を笑うほうが悪いと思う。

方言を話すのは、悪いことではないはずだ。

けれど、仙谷家の跡取りになるために、「共通語」とやらが必要なら。

空は、射竦めるような国原の目を、真っ直ぐにみつめ返した。

「本気で、やりだいです」

「あなたが本気なら、私も本気でやります。ただし、生やさしいことではありませんよ。かなりきついレッスンになるはずです。覚悟はいいですか」

空が本気なら国原も本気でやる。

その言葉には、単なる「仕事」ではないような気迫が感じられる。

「お願いします」

空は深々と頭を下げた。

「わかりました」

国原は頷き……

「まず、あなたの一人称を決めましょう」

そう言って、少し乗り出していた身体を椅子の背に軽く預けた。

「いぢ……にんしょう?」

「おら、はやめましょう。『僕』か、『俺』か、『私』か。『俺』はフォーマルな場では使えません。『私』はオールマイティですが、年齢やあなたの雰囲気からすると『僕』でもいいように思えますね。どちらがいいですか」

てきぱきと、仕事の話をするように国原は尋ねる。

自分のことを、どう呼ぶか。

学校の作文や、全校集会で何か話すときなどは「僕」と言っていた。

けれどそれはあくまでも何かを「読む」ときのもので、自分のことを自分の言葉で話すときにはいつだって「おら」で、それが自然だった。

けれど、そこから変えなくてはならない。

「私」か「僕」なら……

「じゃあ、僕で……」

そのほうがまだしも自然だ。

国原は頷いた。

「では、私に自己紹介をしてみてください」

空はもぞもぞと椅子の上で身体を動かしてから、背筋を伸ばした。

「僕……は、宮部空です」

国原が無言で先を促すので、考え考え続ける。

「今は、高校に、通って……ます。それで、えっど……」

突然自己紹介と言われても、何を話していいのかわからない。

「何が……先に、書いでもいいのすか」

「書いたものを読むのでは意味がありません。会話ですから。ですが」

国原は腕を組んだ。

「あなたの問題点はわかりました。母音がはっきりしていないのと、清音のつもりで発音している部分が濁音になることです」

訳がわからず、空は瞬きした。

「訛ってるって……アクセント、とがではねえのすか」

ぼんやりとした知識では、「訛っている」として直されるのはそういう部分という気がする。

「ねえのすか、ではなく『ないのですか』」

直されて、空は首を竦めた。

それは、わかっているのだ。文章では絶対に「ねえのすか」とは書かない。でも、話しているとどうしてもそうなってしまう。口で言おうとすると、書いたものを読んでいるようになってしまう。

「それから、アクセントやイントネーションなどはむしろささいな問題です。今は共通語圏でもそのあたりは崩れていますから、学ぶのはあとでもいい。まずは、母音です。『新しい』と言ってみてください」

「……あだらしぃ……」

空の声が、こころもとなく小さくなる。

「耳はどうなのかな。今から言う二つの違いがわかりますか?『あたらしい』『えだらすぃ』この違いは?」

「最初のほうが、はっきり、聞ごえます」

国原はほっと息をついた。

「耳で聞いて、違いがわかるなら大丈夫です。この違いを聞き取れず、耳を作るところからはじめなくてはいけない人もいますからね」

きっぱりした国原の言葉に、空はかすかな希望を抱いた。

「違いがわがれば、大丈夫の……大丈夫、ですが」

「少しは楽です。では『えだらすぃ』……これが、あなたが『あたらしい』と言っているつもりのときに、相手に聞こえる音です。『えだらすぃ』……わかりますか?」

空は、頷いた。

こうやって国原の口から出てくると、いかにも田舎の言葉に聞こえる。

「まず、『あ』の音から違う。あなたの『あ』は、『え』に近い。これは、口をきちんと『あ』の形に開けていないから。ですから、まずは『あいうえお』からはじめましょう」

そんなところからはじめなくてはならないのか……！

空は、絶望的な気持ちになった。

赤ん坊が言葉を学ぶように……または、外国人が一から日本語を学ぶように、自分は「あいうえお」から学ばなくてはならない。それくらい、自分の言葉は、国原や裕弥が話している言葉からかけ離れているのだ。

正直なところ「訛っている」といっても、それほどひどいとは思っていなかった。

しかし……落ち込んでいる時間はない。

国原だって、こういうことに「ノウハウがある」とはいっても、本職ではない。おそらく、忙しいのに空のために時間を割いてくれているのだ。

本気で向かい合うと言ってくれた、この人を失望させたくない。

この人は、空の言葉を笑わなかった唯一の人なのだから。

「わがりました」

決意を込めて、頷く。

「では、『あ』から……鏡はあるかな」

国原は部屋を見回し、壁にかかっている鏡を見つけた。

立ち上がってそれを壁からはずし、空に持たせる。

「では、まず口を大きく開けて」

鏡の中には、不安そうに目だけを大きく開けた自分の顔がある。

「……ぁ」

おそるおそる出した声は、なんだか喉《のど》に詰まって掠《かす》れる。

国原はちょっと首を傾げた。

「身体が固いですね。立ち上がって歩いてみましょうか。鏡を」

国原の手に鏡を預けて立ち上がり、空は途方に暮れて国原を見た。

「歩くって……」

「身体をほぐすのです。両腕を軽く回しながら、そのへんを少し歩いてみてください」

そう言われても、国原が見ている前で、部屋の中を、どう歩けばいいのだろう。

空はぎくしゃくと足を踏み出した。数歩歩くが、右手と右足が一緒に出てしまう。両腕を動かしたりすれば、両足が一緒に出てしまいそうだ。

なんの目的もなく「歩く」というのが、こんなに緊張することだとは。

「リラックスして、少し声を出しながら歩いてみてください」

声を出すと言われても……

「軽く、『あー』という感じで」

空の緊張を笑うでもなく国原が真面目に言ったので、空は、これはレッスンなのだ、ちゃんと言われたとおりにやらなくてはと思い……

「あ……」

声を出そうとすると、新たな動作が加わって脳が混乱したのか、毛足の長い絨毯につま先が引

っかかった。

「――あ！」

足がもつれて前のめりになり、身体が宙を泳ぐ。

転ぶ、と思った瞬間。

脇にいた国原が、さっと腕を伸ばした。

鏡を持っていないほうの腕全体で、空の身体を支える。

そのまま空は、国原の胸に倒れ込んだ。

空の細い身体をしっかりと支える力強い腕と、びくともしない広い胸。

空は一瞬ほっとし、それからぎょっとした。

「あ……あ、す、すみませ……っ」

慌ててちゃんと身体を起こすと、国原は表情を変えずにすっと空から腕を離す。

そうだ、この人は……空は、裕弥の言葉を思い出した。

「国原さんは、優しい人なのすね」

思わずそう言うと、国原は怪訝な顔をした。

「優しい？　私が？」

「だって、人に触るのが嫌いなのに、今……」

躊躇うことなく手を伸ばして、空を支えてくれた。

すると国原がはっとして眉を寄せる。

「誰がそんな……いや、裕弥さんですか」

ふう、と小さくため息をつく。

「……他人との接触があまり得意ではない、というだけです。だからといってあなたをあのまま転ばせるわけにはいかないでしょう」

当然のことをしただけだという、どちらかというと素っ気ない言葉。

しかしそれでも空には、自分を転ばせるわけにはいかないから、人に触れるのは得意ではないけれど助けてくれた……それが国原の、「大人の優しさ」という気がする。

そしてその国原の胸は、一瞬だが、空の全身を包んでほっと安心させてくれるような広さだった。

「さあ、とりあえず」

国原は口調を変えた。

「今くらい声が出ればいいでしょう」

空ははっとした。

そう、そもそも声を出すために歩いていたのだ。それを忘れていた。

「これくらい、出れば……いいのすか」

今の会話で、喉に詰まっていた何かが取れた気がする。

「ええ。では、もう一度鏡を持って」

国原は真面目な顔で頷き、空に鏡を持たせると……

「ではまず、『あ』」

「あ」

空は大きく口を開けた。


顔の筋肉が痛い。

こんな経験ははじめてだ。

喉も痛い。舌が腫れ上がったような気がする。

国原は「本気」と言った言葉どおり、容赦なかった。

そして、空がメモかノートを取らせてほしいと言っても、「こういうことは、身体で覚えるのです」と言って、ひたすら反復させる。

二時間ほどで、口の周りや頬の筋肉がぴくぴく引きつるほどに酷使したようだ。

その後、国原も一緒に夕食を取った。

食堂に入ると少し遅れて裕弥と波賀が入ってきて、席に着くと裕弥が面白そうに空を見た。

「で？　少しはちゃんと喋れるようになったの？　まともな会話もできない相手と一緒に食事しても面白くないからね」

そんなにいきなり「まともに」などなるはずがない。

それでも空は、真っ直ぐに裕弥を見返した。

「すぐには、無理だす。でも、頑張る……の、で、す」

たった二時間の中で国原に注意されてた山ほどのことを、全部気をつけようとすると、スムーズに喋れない。

裕弥がぷっと吹き出した。

「空さん」

国原が静かに横から口を挟む。

「当面食事の間は、先ほどのレッスンのことは忘れて食事に集中しましょう」

「は、はい」

空はほっとした。

「それだって、会話にはならないけどね」

裕弥が鼻で笑う。

「仙谷家の事業のことも何も知らないし、乗馬もやったことないって言うし、オペラやバレエも観たことないらしいし」

それらはすべて、裕弥と波賀から知っているかどうか尋かれ、「知らない」と言うとそこで話が終わってしまったことだった。

そうするとあとは、裕弥と波賀の間で「この間の演目は……」などと会話がなされていき、空はぽつんと取り残される。

そして時折、波賀から「そのフォークではありません」「指で押さえてはいけません」などと注意が入り、裕弥が笑う。

ここに来てからの食事は、ずっとそんな感じだ。

しかし今日は、国原がいる。

「空さんがご存じないのなら、教えて差し上げればいいのです。そして、空さんがご存じのことをお聞きになればいい。会話とはそういうものではありませんか。それを指導するのも教育係の役目かと」

静かに、しかしどちらかというと波賀に対する不満を滲ませて、国原が言う。

波賀はかすかにうろたえた。

「いや、しかし……空さんに対しては、マナーの指導だけで手一杯ですからね」

空はぎくりとして、自分の手元を見た。

今日は、和食だ。

ナイフやフォークと違って、あれこれ選ばなくてはならないわけではないので、少し気が楽だと思ったのだが……自信はない。

「しかし空さんは、箸の持ち方は非常にきれいですね」

その手元を見て、国原がさりげなく言い、空ははっとして国原を見た。

国原は表情を変えることなく淡々と続ける。

「最近の若い人で、箸をこんなにきれいに使える人は珍しいと思います。伯母さまが教えてくださったのですか」

「はい、そうだす」

　空の胸のあたりが熱くなる。

　伯母は、裕弥や波賀から見れば教養のない田舎のおばさんかもしれないが、箸の使い方、魚のきれいな食べ方などは、空が小さい頃から優しく辛抱強く教えてくれた。

　家でちゃんとナイフやフォークを使う食事などは出たことがないから、空も使い方を知らなかったけれど……伯母が教えてくれた箸使いを、国原が褒めてくれたことが、本当に嬉しい。

「……田舎で毎日箸ばっかり使っていたら、上達するのも当たり前だろ」

　裕弥が悔しそうに、反論にならない反論をしたが、空にはもう気にならない。

　この食卓で……国原は、ちゃんと公平な目で空を見てくれる。

　それだけで、波賀の視線にびくついたり、裕弥の意地の悪い言葉に傷つかずにいられるような気がしてくる。

「でしたら、ナイフとフォークも、これから練習なされればいい。言葉の訓練と一緒です。時間がかかっても、確実に前進すればいいのです」

　国原は、空にはそれができると、信じてくれている。

「はい、頑張ります」

　空が返した返事もどこか「まとも」ではなかったのか、裕弥がまたわざとらしく吹き出したけれど、空にはもう気にならなかった。

　食事を終えて国原が帰ってからも、空は部屋で反復練習をした。

鏡を見ながら、母音を繰り返す。

その口の開きを意識しながら、とにかく喋ってみる。

とにかく国原に食らいついて、ついていって……誰にも笑われない喋り方ができるようになってみせる。

国原が、空にはできると信じて教えてくれるのだから、それに応えたい。

それが……仙谷家の跡取りとなり、伯父伯母に恩返しをすることにも繋がる。

ベッドに倒れ込むようにして眠りについてからも、夢の中で空はひたすらに「あいうえお」を繰り返していた。


「今日はどうでした」

数日後、国原は尋ねた。

学校から帰ってくると、国原のレッスンという規則正しい日課は続いている。

「今日は、学校で、笑われました」

淡々と報告しようと思いながらも、空の声にやはり悔しさが滲んだ。

「僕と言ったら、笑われたのです……笑われたんです」

教室で当てられて発表する際に、自分のことを思い切って「僕」と言ってみたのだ。

それは国原の指示だった。

空の部屋という密室で、国原の前で、完璧に話せるようになってからいきなり他人の前で切り替えることなど不可能だ。

とにかく、覚えたことを使ってみること。

話すときの口の開きと、一人称を変えること、これは今すぐにでもできることだ。

空にとっては、心臓がばくばくする挑戦だった。

何かを読むのではなく、自分の言葉として自分を「僕」というのは、まるで自分のことを話しているのではないようなあやふやさで、心理的な抵抗が立ちはだかる。

それでも、やらなければ。

そんな覚悟の上で使ったのだ、「僕」を。

一瞬教室が静まり返り……ぷっと吹き出したのは、おそらく後ろのほうの席の、裕弥。

次の瞬間、教室は爆笑の渦になった。

教室の半分は、裕弥に支配されている。

それが、支配的で人に命令することに慣れた裕弥の性格と、良家の子弟が集まる学校の中でも仙谷家というのが一目置かれる存在であることから来ていると気付くのにそう時間はかからなかった。

「あの仙谷家の、未来の当主候補」というのは、将来的にも裕弥がクラスメートたちの上の立場に立つことを意味しているらしい。

それは空だって同じ立場なのだが、空が来る前に裕弥はクラスの支配権を確立してしまっていたし、空はあくまでも「名目上の対立候補」と裕弥がみなし、取り巻きたちも同じように考えている。

空にとっては相変わらず「仙谷家」というのは曖昧模糊《あいまいもこ》とした存在で、当主になればどんな力がふるえるのか、など想像もつかない世界なのだが。

とにかく教室はそんな雰囲気で、空は「笑っていい」存在になりつつある。

教師も軽くたしなめるだけで、強く注意などしてくれない。

そんな雰囲気の中で突然「僕」と言えば、笑われることは覚悟の上だったが……

「悔しい……ですか」

国原が静かに尋ね、空はそれが自分の思いにぴったり合う言葉だと気付いた。

「悔しい、で、す」

「方言を話すことは悪いことでもなんでもない。生まれたときから自然に使っていた言葉を否定され、悪いことのように言われ、方言を話したら笑われ、直そうとしたらまた笑われ、理不尽で悔しいことだと、感じるでしょう」

いつものように淡々と……しかし、空の悔しさを理解し、共有してくれていることがはっきりとわかる言葉。

「はい」

空は頷いた。

わかってくれる。

この人はわかってくれている。

国原の言葉はどうしてか、上面のものではなく、実感を伴った重みが感じられる。

「その悔しさは正しい」

国原はきっぱりと言った。

「笑う連中が間違っている。しかし、あなたがこれから出ていくかもしれない世界は、そういう連中がひしめいている。あなたが何か正しいことを言おうとしても、方言だというだけで軽んじて取り合ってもらえないかもしれない。それは、間違っているけれど現実だ」

国原の言葉に、力が籠もる。

「だったら、その連中がわかりやすい言葉を話してやるために、こちらが彼らの言葉を学んでやるのだと思えばいい。こちらの言葉を学べない連中のために、こちらが覚えてやるのだと思えばいい！」

語調が激しくなり、敬語が消えた。

そのことに気付いたのか、はっと国原が口をつぐむ。

「……すみません、きつい言葉になりました」

しかし……

空には、国原の言葉が敬語ではないことで、より胸に響く気がした。

国原の本音が見えた気がする。

その本音で、全力で、空の言葉を直そうとしてくれているのだと、わかる。

そして自分は……そこまでの覚悟をしていたのだろうか。

空が感じていたのは、漠然とした悔しさだった。

しかし、その理不尽さ、悔しさは、国原の言うように思い変えることで力になる。

国原の、空に対する厳しさもまた、空の力になるものなのだ。

「僕、頑張ります。笑われだって、負げないです」

思わず、空の言葉にも力が籠もる。

すると……国原の表情が少し柔らかくなった。

「しかし、意外でした。実のところ、そろそろ音を上げるかと思っていたのですよ」

「え？」

「あなたの本気度を試したかった……というと怒るかもしれませんが」

「そ、そんな」

空は首を横に振った。

「国原さんは、僕のだめにやってくれていることは、ほんどにありがだいと思ってます。怒るなんで、なんで」

国原は厳しいが、決して理不尽な怒り方はしない。

レッスンのあとはへとへとになるけれど、空にとってはありがたい厳しさだ。

屋敷でも学校でも、空とそれだけ本気で向き合ってくれる人間はいない。

だからむしろ、空はこの時間を楽しみにしているくらいだ。

今の、国原の本気の言葉を聞けばなおさら、そう思う。

「……あなたは」

ふと、国原が考え込むような目になった。

「何をモチベーションにして、ここまで頑張れるのでしょうね。ここまでのことを覚悟して来たわけではなかったでしょう？　伯父さま伯母さまのためですか？」

その言葉に……空の脳裏に、伯父伯母の顔が浮かんだ。

ずっと、考えまいとしていたのだ。

思い出すとホームシックになりそうで。

今置かれた環境に慣れるためには、振り返っていてはいけないと思って。

しかし国原の言葉に、ふいにあの山の上の空気、風、遠くに見える牛の群れや、空を呼ぶ伯母の声までが、強烈に蘇《よみがえ》ってくる。

「お……僕」

空の声が震えた。

「伯父さん伯母さんのために、頑張るの、です」

胸にせり上がってきた熱い塊を、ごくりと唾を飲み込んで押し戻す。

「僕があそこにいれば、迷惑がかがる。でもここに来て……仙谷家の跡取りになれば、お金持ちになれば、恩返しして、楽させてあげられる。だから頑張るのです。大好きな人のためだがら、頑張れるのです」

そう言って、空は国原を見た。

「誰だって、そうでしょう？　好きな人のためになら、頑張れるのじゃ、ない……ない、のですか？」

空にとっては自明のことを確認しただけのつもりが、国原ははっと身じろぎし、戸惑いを浮かべたのがわかる。

「誰だって……ですか」

「違うの、ですか」

国原は、そんなことははじめて考えるとでもいうように、口元に拳を当てて考え込み……

「私は……私には、好きな人というのはいないので、わからないのですよ」

躊躇うように、ゆっくりとそう言った。

「いないのすか！　好ぎな人、だあれも！」

空は驚いて叫んだ。

「ご両親どが、兄弟どが、恋人とが……」

国原は苦笑した。

「親兄弟はいません。あまり居心地のよくない親戚の家で育ったので、好きな家族という存在はありませんね。特に親しい友人もいないし……特定の恋人もいません」

「そんな……」

空にとっては、考えられないことだ。

愛情を注ぐ対象がいないなんて。

だがそれは……自分が幸せに生きてきたということだろうか。伯父伯母に注がれた愛情のようなものを、国原は全く受けずに育ったのだろうか。

そう思うと、胸が痛む。

「あの、あの、おらにとっては、国原さんだって好きな人だす」

言葉に注意するのさえ忘れて思わずそう言ってから、はっとする。

普段はすっかり忘れているけれど、国原が「同性愛者だ」とさらりと自己紹介したことは強烈な印象だった。

そういう人に対して……「好きだ」なんて言ってしまうと、変な意味に取られてしまわないだろうか。いや、「変」というのは「自分の意図と違う」という意味であって、国原が同性愛者であることが「変」だなどと思っているのではないのだけれど、でも空の周囲にはそういう人がいなかったので、どういうふうに言葉に気をつければいいのか、気をつけようと思うことがそもそも失礼なのか……

「あ、あのっ」

一人でパニック状態になり、何か言わなければと思っている空に……

国原は、

「それはどうも」

と、表情を変えずにさらりと受け流してから、少し改まった顔になった。

「空さんは……伯父さま伯母さまに会いたいと思っていますか」

ぐるぐるしていた空の思考はぴたりと止まり、国原の言葉に引き寄せられる。

会いたいか。

それは、会いたいに決まっている。

「会いたい、けれども……」

空は、口ごもった。

「逃げで帰るわげにはいがね……いがない、ですから」

伯父伯母とは、まさか永遠の別れとは思っていなかった、けれど……

空は急に不安になった。

「お……僕、もう、伯父さんたちには会えないんでしょが」

「そんなことはないでしょう」

国原は驚いたように首を振った。

「今はとにかく空さんがここの生活に慣れるのが先ですが、空さんがお望みなら、伯父さまたちに会いに来ていただくことも可能だと思います。当主に尋いてみますか？」

空はほっとした。

会うことはできるのだ。空が里帰りするのではなく、伯父伯母がこちらに来るというかたちでなら。

その場合は、交通費は仙谷家が出してくれると思っていいのだろうか。

だが……

空が会いたいのは、あの山の上の、伯父の手作りの家にいる二人だった。

そして……

「雲にも、会いだいのです」

ふいに、自分でも言おうとは思っていなかった言葉が、零れ出た。

自分の口から出た言葉に驚きながらも、それが今、自分が一番望んでいることなのかもしれないと自覚する。

「あの、羊ですか」

国原の問いに、空はこくんと頷いた。

まさか伯父に、雲を連れて東京に来てもらうわけにはいかない。

雲に会うには、空が向こうに帰るしかない。

「あの羊は……雲、は」

国原がかすかに迷って言い直した。

「空さんにとって、本当に特別な存在なのですね」

空はまた頷く。

雲は、空の弟分だ。名前も、空がつけた。

親羊が育児放棄したらしい子羊を、伯父が、山の上の集落で同年代の友達がいなかった空の「友達にくらいはなんべ」と貰ってきた羊。

ミルクを飲ませ、餌をやり、本当に空が一生懸命育てた。

メリーさんの羊のように、どこまでもどこまでもついてきた。

でも学校に行くときはついていってはいけないということもちゃんと覚え、学校の帰りには必ず途中まで迎えに来てくれ、一緒に牛を集め、夜は空のベッドの下で眠った。

手を伸ばせば、いつでも雲の、ふかふかの毛に触れた。

刈った雲の毛を伯母がつむいでセーターを編んでくれ、それを着ていると、いつもは自分が抱き締めている雲に、逆に抱き締められているような気持ちになったものだ。

雲に会いたい気持ちは、伯父伯母への想いとはまた違う。

「雲は、おらを必要としてくれでいだのす」

空はぽつんと言った。

「伯父さん伯母さんは、おらを可愛がってくれるがら好きなのす。でも雲は、赤ちゃんの頃はおらが世話しなげればば生きていげねがったくらい、おらを必要としてくれでいだがら、余計に愛おしいんだと思うのす」

国原は無言で、じっと空をみつめている。

空は、はっと気付いた。

「あ、すみませ……おらって言ってしまった。僕が悪いのです、ごめんなさい」

「いえ」

国原も、空に言われてはじめて、空の言葉が完全に田舎の言葉に戻っていたことに気付いたように首を振る。

「たまにはいいでしょう」

そして、少し驚きを浮かべて改めて空を見る。

「空さんは……私が思っていた以上に大人で、物事の本質を知っているのかもしれませんね」

「そ、そんな」

思いがけない言葉に、空は赤くなった。

自分が大人だとはとても思えない。ましてや、国原の前では。

「もっと、ちゃんど大人にならねばと思っているのです、国原さんみだいに」

落ち着いて洗練された、大人の男。

自分もそうなれるだろうか。

しかし、国原は片頬にかすかに皮肉な笑みを浮かべ……

「私は、あなたが手本にするような人間ではありませんよ」

そう言って、空が反論する間も与えずに、

「さあ、では……今日は、母音に加えて、濁音と清音の違いをやりましょうか」

と、いつものレッスンの口調になった。

＊＊

「何か楽しいことでもあった？」

カウンターに座っている国原に、バーテンが尋ねた。

客は、国原一人だ。

今夜はこの街を挙げての大きなイベントがあって、常連は皆そちらに集まっている。

国原はそれを知っていて、むしろ人が少なくていいだろうと来てみたら案の定だ。

バーテンはこんな場所で働いているが実は数年前までは大企業に勤めていたらしく、また控え目で空気を読める相手なので、カウンターを挟んで一対一で向かい合っていても居心地悪く感じさせない。

しかし、その彼が投げかけてきた問いに国原は戸惑った。

「楽しいこと？」

「笑ってたから」

「笑ってた？　俺が？」

尋き返しながらふと、ついさっき念頭にあったことを思い出す。

空が国原を「好きな人」と言い、その後慌てた顔になった。

それを思い出したとき、かすかに口元が綻んだのかもしれない。

「たいしたことじゃない」

そう言うと、バーテンはそれ以上会話を続ける気がない国原の気配を感じ取って、グラス磨きに戻った。

空が慌てたのは、口に出してから、国原の「同性愛者宣言」を思い出したからだというのはすぐにわかった。

普段はそれを完全に忘れて国原と向かい合っているのだろう。

国原ももちろん、空の言葉に他意があったとは思わない。

空が言ったのは、純粋な好意としての「好き」だ。

それでも国原にとっては、新鮮な驚きだった。

誰かに「好き」と言われたことなどない。もちろん、言ったこともない。

いや……身体の関係を持った相手から「好き」と言われたことは何度かあるが、それはピロートークのようなもので、そもそも面倒な関係になりそうな相手は選ばないから、ホテルを出たあとまで「好き」が継続したことはない。

仕事関係でも、必要以上に親しくなるつもりはないという空気を敢えて隠さずにいるし、学生時代の友人とも一定の心理的距離を置いているから、ただの好意としてでも「好き」などと言われたことはおそらくはじめてだ。

空の言葉をうっとうしいとは思わず、むしろ微笑ましいと思ったのは自分でも意外だが、それは空の中に「好きだからこうしてほしい」という要求のようなものが皆無だからかもしれない。

子どもに言われたようなもの……とも思うが、空の木訥《ぼくとつ》な雰囲気に騙《だま》されて年齢よりも子どものように感じていたら、そうでもなかったと気付いた。

必要とされているから愛おしい、などという台詞《せりふ》は子どもに吐けるものではない。

それに……国原を「好きな人」と言ってしまってからのあの慌てぶりは、空の中に「同性愛者」というものへの先入観がむしろ全くなかったからだということもわかる。

国原の場合、女性や、面倒な縁談を避ける予防線という意味で、知り合った人間には割合早くにカミングアウトするのが倣《なら》いになっている。

けれど空は、それを聞いてもなんのことだかわからないという顔をしていたし、その後はそんなことは忘れているようだった。

「好きな人」と言ってしまってから思い出し、それが国原に対し失礼なことではなかったかと思って、慌てた。

空の顔色を読み解けば、結論はそんなところだろう。

先入観も、差別感も、彼の中には存在しないのだ。

そもそもあの子は、恋愛という意味で誰かを「好き」になったことなどあるのだろうか。

年齢から考えれば、学校で好きな子の一人や二人いてもおかしくない。

しかし空の言動を見ていると、恋愛には無縁のようにも見える。

「子どもなのか、大人なのか」

バーテンがこちらに向けた視線から、声に出して呟いたことに気付き、国原は苦笑した。

——どうしてこんなに、空のことばかり考えているのか。

もちろん、空の件は、国原が現在最優先すべき「仕事」だ。

空を仙谷家に送り届けてこの件は終わりだと思ったら、何日かあとに当主に呼び出された。

どこで空と接点があったものだか、

「あの訛りはなんとかしてやったほうがいい、確かきみは自分で訛りを克服したんだったな」

と、空へのレッスンを命じられてしまったのだ。

国原が、仙谷家の私的な問題を担当するようになったのは、後継者問題が具体的に動き始めた直後のことだ。

親元から離れて後継者教育をするのに適当な年齢ということで、血縁の高校生男子の中から、まず裕弥が選ばれた。その際、裕弥の父から特に乞われて、波賀を教育係として迎える手続きもした。

その後、もう一人誰か、という当主の意向を受けて調査し、分家筋から空を見つけた。

国原としては、仙谷家の私的な問題に携わることは、当主との接点が増えるという意味で歓迎だった。

そもそも弁護士になったのは、「食いっぱぐれがなく、社会的地位も高い」という理由からだ。

親戚をたらい回しにされ、経済的にも精神的にも辛い思いをしながら国原が決意したのは、いずれ「それなりの地位と財産」を築くことだった。

そして、勤めた弁護士事務所が、複数人数の体制で仙谷グループを担当している中に入り込めた。

これは、チャンスだ。

いずれ仙谷グループの顧問弁護士としてトップに立てば、弁護士としてのステイタスも上がるし、収入もそれなりのものになる。

国原にとっては、そこが当座の目標だ。その先にはまた別な目標ができるだろう。

そして仕事で何度か仙谷家の当主と顔を合わせるうちに、なぜか気に入られた。

「適度に、野心が表に出ているのがいい」というのが、その理由だった。

国原としては、指摘されるほど野心を表していたつもりはなかったので、見抜かれたことには驚いた。

当主はさすがに長年仙谷家を束ねているだけあって、威厳とともに洞察力があり、下手に野心を押し隠して表面上おもねってみせる人間もすぐに見抜くらしい。そして、そういう人間ばかりに囲まれていると国原のような、叩き上げで上を狙う人間は面白いのだと……

そう言われてしまうと、不思議と「この人には勝てない」という気分になる。

こういう相手ははじめてで、国原にとっては「この当主と仕事をする」というのはなかなか面白いことだと思えるようになってきた。

そして、今回の後継者問題だ。

国原としては、空を見つけて連れてきた、それである意味、ポイントを稼いで終わりのつもりだった。

それがまさか、空の言葉をなんとかしろと言われるとは。

当主には何かの折に問われるままに、生い立ちについてはごく簡単に話してある。

その中で出身地と、その方言について尋かれ、自力で克服した話もした覚えがある。

国原の言葉はいろいろな地方の親戚を転々とするうちに、あれこれ混ざり合ったものになってしまった。中学生のときにはじめて東京の親戚のもとにきて、学校でその言葉を馬鹿にされた。

そこで、国原の負けん気に火がついた。

言葉ぐらい、なんだ。

言葉以外は、すべての部分で俺に勝てないくせに。

今に見ていろ。

そして、あれこれ試行錯誤しつつも、自力で共通語を話せるようになった。

テレビやラジオなどももちろんだが、結果的には中学の図書館で見つけた「アクセント辞典」というものの、解説部分を熟読したのが一番役に立ったかもしれない。

しかし、自己流というのは「遠回り」ではあった。

それがわかっているから、空には最短距離で教えている。

理論の部分は飛ばして「とにかくこうしろ」という方法は、しかし、教わるほうにとっては辛いものだと思う。

空は、それに食らいついてきている。

国原にとってはあくまでも弁護士という本業からはずれた仕事で、当主の要望を断るのは損だという計算が働いて引き受けたことだったが……

空が真剣に食らいついてくるから、こちらもなおさら真剣になる。

そして、断れば断ることもできるはずだが、毎日一緒に食卓に着くことを選び、空を軽んじる裕弥と波賀に、それとなく釘を刺してやるのは、少しばかり意地の悪い喜びでもある。

彼らが知らない空の長所——素直で辛抱強く、けなげな部分を、自分は知っているという優越感のようなもの。

そうして気がつくと国原は、空の成果と、明日はどこをどう指導しようかと、そんなことばかりを考えているのが自分でも不思議だ。

ましてやその中で……あの「好きな人」という言葉を思い出し、思わず口元を綻ばせているなど。

まあ、とにかく続けてみるさ。

空の言葉がまあまあのレベルまで来れば、この仕事は終わりだ。

そう思ったとき、勢いよく店の扉が開いた。

「あ～、楽しかった！」

イベントに参加していた連中がどっとなだれ込んでくる。

「あ、ここで飲んでたんだ」

カウンターの隣に辷り込んできたのはユキだった。

派手な、サンバでも踊りそうな仮装をしている。

「ああいうイベント好きじゃなさそうだもんね。でも、なんか溜まっちゃったから相手だけ探しに来た感じ？」

「……まあな」

もちろん、そういう考えもなかったわけではない。考えてみるとこの前誰かを抱いてから、相当間が空いたような気もしている。

「だったら別に俺でもよくない？」

ユキが踏み込んでくる。

あまり同じ相手と何度も関わりを持って深い関係にはなりたくない……というのが国原の本音だが、ユキのほうも国原を気に入っているようでいて、特に個人的な関わりを求めてるそぶりも見せてこない気楽な相手ではある。

まあ、いいか……と、身体のラインが出るぴったりとした服を着たユキに視線を辷らせ……

ふと、誰かに似ている、と思った。

ふいに片腕に、重みが蘇る。

空だ。

国原は、自分が連想した身体の持ち主を思ってぎょっとした。

体型がそっくりということではない。ユキのほうが、空よりも背が高く体格はいい。ただ、手足の長さのバランスとか、腰の細さが、どことなく空を連想させる。

そう思った瞬間、頭の中にまるで今空を抱き締めているかのような生々しい感触がわき上がり、同時に腰の奥にざわりと欲望の兆しを感じて……

ぎょっとして、頭を左右に振った。

違う。

空は、そういう対象の相手ではない。そんな対象にしてはいけない。

どうしてそんなふうに感じるのか。

ただ、仕事の対象だから……というだけではない、何か。

空という存在が、自分の浅ましい欲望の対象になるなどと想像することすら何か禁忌を犯しているような後ろめたさ。

越えてはいけない境界線に気付いて、慌てて後ずさりしたような感覚。

国原は、そんなことを考える自分自身にも驚く。

「ちょっと、どうかした？」

ユキの声にはっと我に返る。

ユキは怪訝そうに眉を寄せて、国原をみつめている。

「顔色悪いけど……やだなあ、俺が誘ったからって、いきなりそんな顔になる？」

「いや……」

国原は動揺を抑えつつ首を左右に振った。

しかし……今夜は無理だ。

ユキだけではない、他の誰とも。

誰かと肌を合わせることで、うっかり連想してはいけない何かを連想してしまいそうな恐怖感のようなものが、自分の中にある。

その「何か」を敢えて掘り下げないようにしつつも……

「悪いな、どうも調子が出ない」

そう言って国原は立ち上がった。

「確かに、なんだか変だね。帰って休んだほうがよさそうだ」

様子を見ていたらしいバーテンの言葉に救われたように思い……

国原は逃げるように足早に店を出た。

――疲れているのだ。

空のレッスンはいわば「時間外」の仕事だ。

自覚はしていなかったが、少し疲れが溜まっているのだろう。

そう、自分に言い聞かせる。

大丈夫。

おかしな想像をしそうになったのも、疲れのせいだ。

そう思いながらも、ふと考えた。

もし、空が国原のこんな裏の顔を知ったらどう思うだろう。

相手が同性かどうかはともかく、こんな一夜限りの遊びを続ける人間がいることを、空は想像すらしていないだろう。

国原の胸に、何か、苦いものが広がった。

＊＊

「あ、い、う、え、お。た、だ、た、だ、と、ど、と、ど」

鏡を見ながら、空はひたすら繰り返している。

顔の筋肉はようやくこの酷使に慣れてきたらしく、痛みはもうない。

口を大きくはっきり開けて母音をきれいに発音すること。

「た」と「だ」、「と」と「ど」などを、はっきりと言い分ける。

空に与えられた基本の課題はこれだ。

ようやく空にも、自分の「あたらしい」が「えだらすぃ」に聞こえる理由が実感できてきた。

国原は空の言葉のおかしいところを、冷静に指摘する。

笑ったり馬鹿にしたりなど絶対にしない。

だから空も、素直に受け止められる。

上京する際の車の中で、国原のような人がいれば頑張れる、と思ったのは間違っていなかったと、つくづく思う。

ただ単に言葉のレッスンだけではなく、姿勢や、ネクタイの結び方などもさりげなく注意して教えてくれる。ただし、空に触れることは絶対にしないし、空からも触れない……それだけは暗黙の了解として定着しているけれど。

国原の指摘は、波賀の、小馬鹿にしたような叱責とは全然違う。

国原が一緒に夕食の席に着いてくれると空はびくびくせずに味わえるような気がする。

学校から帰って国原が待っていてくれる思うと、それが本当に楽しみなのだが……

今日は、何か別の用事があって国原は遅れるという伝言が入っていた。

それで空は、自主練習をしているのだ。

それにしても、国原は遅い。

そろそろ来るだろうか、いつも学校から帰ると波賀と一緒に玄関にいてくれるのだから、今日は自分が出迎えてみようか。

そう思いつくとなんだか気持ちが浮き立って、空は部屋を出た。

廊下を歩き、玄関に通じる階段を降りる。

靴を履いて厚い絨毯の上を歩くと、足音はほとんど立たない。

階段を降りかけたところで……

「待ってよ、国原さん」

裕弥の声がして、空ははっと足を止めた。

そろそろともう二段くらい降りると、国原の後頭部と、向かい合う裕弥の顔が見える。

「もう、さっさとあいつのところに行っちゃうんだもんな。俺だって、同じ後継者候補なんだよ？　あいつばっかり構ってるの、おかしくない？」

「何かご用ですか」

「ねえ、なんで国原さんは、あいつの味方なの？」

裕弥の声は、詰問というよりは甘えているように聞こえる。

「別に、味方というわけでは」

国原のほうは、いつもの冷静で淡々とした口調だ。

すると、裕弥が少し声をひそめた。

「ねえ、ちょっと、俺と取引する気ない？」

そうは言っても、ほぼ真上にいる空にはじゅうぶんに聞こえる大きさだ。

「取引……？」

「俺と組まない？　そもそもさあ、国原さんは立場的に中立のはずじゃん。なのにまるで、俺と波賀さん、あいつと国原さん、みたいな対立関係になっているのは違うと思うんだ。だって、波賀さんは、俺が正式に後継候補に選ばれてここに来ることになったとき、親父がつけただけの人だろ？　でも国原さんは、当主さまの覚えもめでたくて、次期当主候補選びに意見も言える立場だって親父が言ってた」

「そんなことはないと思いますが」

「隠したってだめだよ。でもさ、そういう立場の国原さんが、いくら訛りの矯正をさせられてるからって、完全にあいつの味方になるのって不公平じゃん。もし今のまま、俺が次期当主に決まったとしたら、国原さんのことはいずれ出世コースからはずすよ？　それよりは、俺と組めば、いずれ俺が実権を握ったとき、国原さんを引き立ててあげられると思うんだけど」

空は、心臓がばくばくと鳴るのを覚えた。

これは……盗み聞きだ。これ以上聞いちゃいけない。

しかし身体が動かない。

「……自信がおありなわけですね」

国原の声に、わずかに皮肉めいた笑いが混じっているような気がするのは気のせいだろうか？

「そりゃ、あんなやつに負ける気はしないよ」

「空さんだって、時間をかければ変わると思いますが」

「でもその、時間がないんじゃない？」

裕弥の声は意味ありげだ。

「……どういう意味です？」

「当主さまは、かなりの高齢なんでしょ。もう何年も、決まった人としか会っていなくて、グループ企業の大事な会議にも顔を出していなくて、重大な決定事項は全部少数の側近を介してるって聞いてるよ。今も、極秘でどこかの別宅で静養中で居場所を知っている人はごく少数……もちろん国原さんはその一人なんだろうけど、もしかして、当主さまはもう長くないんじゃない？」

国原は無言だ。

肯定、ということだろうか。

すると裕弥は、一歩踏み込んだ。

「国原さんは、あいつが当主になったほうがいいと思ってるの？」

空の全身が耳になる。

国原の答えを、聞きたい。そして、聞きたくない。

そして、一呼吸置いて聞こえたのは――

「そうは思いませんね」

落ち着いた口調の、そんな言葉だった。

空の頭から、ざっと血がなくなったように感じた。

そうは思わない。

空が当主になったほうがいいとは、思わない……！

国原の本心は、それなのか。

「なあんだ」

裕弥が笑顔になる。

「だったら心配することはなかったんだ。国原さんの本心はわかったからさ、まあご苦労さまだけど、適当にあいつの相手、してやってよ。今の話、内緒だからね」

そう言って向きを変えながら……ちらりとその視線が、上を見た。

空がいる場所を。

空を。

裕弥は、空がここにいることに気付いていて、わざと今の会話を聞かせたのだ。

「じゃあね」

裕弥が立ち去り、国原が階段を上ろうと向きを変えたので、空は慌てて階段を駆け上がった。

足音を消してくれる絨毯がありがたい。

そのまま、廊下を自分の部屋と反対方向に走り、庭に通じるドアを開けて飛び出る。

後ろ手にドアを閉めて階段を駆け下り、一番下の段に空はへたり込んだ。

たった今聞いた会話の意味を、ちゃんと理解したい。

必死で、心を落ち着かせようとするけれど、できない。

とにかく……国原は、空が当主になったほうがいいとは思っていない。

空はふさわしくないと思っている……ということだろうか？

空はいつの間にか、国原は無条件に自分の味方のような気がしていたけれど……実際には、そうではなかったのだ。

国原は中立の立場の人。

食事の席で裕弥をたしなめ、空を庇ってくれたのも……

国原が公平だから。

国原は、空が未だに顔も見たことがない、高齢でどこか別のところで静養しているという当主の意を受けて、空の言葉を直しているだけ。

あれほど熱意があるように見えたのも……国原が、強い義務感で、与えられた仕事をこなしているだけだったということだろうか。

——自分は、なんのためにここに来たのだろう。

もちろんそれは、伯父伯母にこれ以上経済的な負担をかけず……いつか恩返しができるように、そのためだったはずだ。

屋敷でも学校でも、空をばかにする人間ばかりで、誰も味方はいない。

それでも……頑張ろうと思っていた。

頑張れると思っていた。

けれどいつの間にか空は、「一人で」頑張っているのではなくなっていた。

気がついたら、国原を頼り、国原を信じ、国原がいるから頑張れるようになっていたのだ。

その国原に……否定された。

そう思うと、息苦しくなってくる。

どうしよう。

どうしたらいいんだろう。

どうしてこんなに、辛いんだろう。

震える両手を、ぎゅっと握り合わせたとき……

「どうした?」

ふいにすぐ傍で声がした。

はっとして顔を上げると、土に汚れた靴、くたびれた作業ズボン、デニムのエプロンの上に……白い髭を生やした顔がある。

つばの大きな麦わら帽子の下から心配そうに空を見ているのは、庭師の老人。

空は、慌てて立ち上がった。

「何かあったのかね?」

老人が尋ね、空は何か答えようとした。
けれど……言葉が出てこない。
「顔色が悪いが」
空は首を横に振り、もう一度、何か言おうとした。
国原に教わっている、「正しい」言葉で。
僕、なんともありません。
僕……
「……」
空は、喉に手を当てた。
声が……出ない。
最初の一音が、どうしても出てこない。
息が、苦しい。
落ち着いて深呼吸しようとしたら、ひゅっと喉がおかしな音を立てた。
こめかみががんがんしてきて、目の前が暗くなる。
思わず空がしゃがみ込むと、
「大丈夫か、おい、誰か、誰かいないか！」
老人が誰かを呼びに行ったらしく声が遠ざかるのをぼんやり感じ……
そのまま、目の前が暗くなった。

目を開けると、自分の部屋のベッドに寝かされていた。

見覚えて馴染みがある、それでいてよそよそしい天井の模様。

空を覗き込んでいるのは、見知らぬ年配の白衣の男性。

「……ここがどこか、わかりますか？」

静かな声で尋かれ、空はこくんと頷いた。

「何が起きたかは覚えていますか？」

……覚えている。

裕弥と国原の会話を聞いて……逃げ出して……

「……」

なんだか具合が悪くなって、と言おうとしたのに。

声が、出ない。

声を出そうとすると、まるで出口が塞がれたかのように息が前に出ない。

なんとか声を出そうとすると、また息が苦しくなってくる。

「ああ、無理はしないで」

医師らしい相手が穏やかに空を止め、声を出そうとするのをやめると呼吸ができるようになる。

そして空は、そんな……声が出せずにベッドに横になっている自分を、まるで遠くから眺めているような不思議な感じで、感情がまるで波立たない。

医師がベッドの傍を離れ、低い声で誰かに話している。

「精神的なものかと……しばらく安静にして……鎮静剤が……」

途切れ途切れの言葉が、意味を持って耳に入ってこない。

ただ天井を見上げながら、空の手は無意識にベッドの下をまさぐろうとしている。

そこに……ふかふかの手応えがあるはずだ。

空が撫でればもこもこと動き出す、大きな毛の塊が。

いつもそこにいるはずなのに、今はいない。どうしてだろう。

雲。

どこかに遊びに行っているんだろうか、空を置いて。

むなしく宙を掻いていた手に、ふっと何かが触れた。

誰かの、指先。

躊躇うように——そしてやがて、決意したかのように、そっと空の手を握る。

大きくて温かい……伯父の手とも伯母の手とも違う。

ぎゅっとではなく、やんわりと。

体温が、心地いい。

どうしてだか眠くてたまらず、瞼《まぶた》が覆い被さってくる。

空はゆっくりと目を閉じ、意識が沈んでいく中で、握ってくれる手のぬくもりだけが最後まで残った。

もう一度目を覚ましたときには、周囲には誰もいなかった。

頭はすっきりしている。

空はゆっくりとベッドの上に身を起こした。

カーテンが閉められ、外は夜のようだ。

どれくらい寝ていたのだろう。

なんだか、ずいぶん時間が経《た》ったような気がする。

ふと、喉に手を当てながら声を出してみようとした。

出ない。

すかすかする息が出るだけで、まるで声にはならない。

自分は……話せなくなってしまったんだろうか。

不安と裏腹に、これでもう、方言を笑われることも必死で共通語を勉強する必要もなくなるのだと、ほっとした思いがあるのに気付いた。

けれど、そうなれば……国原のレッスンもなくなる。

胸がずくりと痛んだ。

耳に、裕弥と国原の会話が蘇る。

国原は、空が当主になったほうがいいとは思っていない。

空を迎えに来た最初のときは、そんな感じではなかったような気がする。

国原に、ちゃんとやれるかどうかを尋ねたら、「やってみなくてはわからない」と答えが返ってきて、それで空は国原を信頼できると感じたのだ。

今でも、それは間違っていないと思う。

けれど、あのときから今までに、国原の考えに何か変化が生じたのだとしたら……

たぶん、自分が悪かったのだ。

自分が国原を……失望させたか、何かしたのだ。

やってみなくてはわからない。やってみたら、わかった。

空ではだめだと。

そういうことなのだろう。

言葉がなかなか上達しなかったからだろうか。

それとも……

空は、はっとした。

もしかすると、自分は国原に頼りすぎていたのだろうか。

国原が唯一の味方のように思って。

国原の言うとおりに言葉を練習して。食卓では、国原に褒めてもらうことが嬉しくて。

それが……目標になっていなかっただろうか。

何か、もっと自分で……仙谷家の当主になるという意思を、貪欲に、裕弥のように前面に出すべきだったのだろうか。

そもそも、仙谷家がどんな家で、当主になるということがどんなことか、知ろうともしていなかった。

ただただ「お金持ちの家に養子に行く」のだと思い、そうすることで伯父伯母の負担をなくせると、そんなことしか考えていなかった。

もしかすると空は、自分がおとなしく言われたことを一生懸命やっていれば、意地の悪い裕弥よりも自分が選んでもらえるのでは……と、無意識に思い込んでいたのかもしれない。

けれどたぶんそれだけでは……足りなかったのだ。

国原が、空よりも裕弥のほうを次期当主にふさわしいと考えたのだとすれば、たぶんそういうことなのだろう。

今さら気付いても遅いのかもしれないけれど。

これから、自分はどうなるのだろう。

声の出ない、喋れない自分は、たぶん訛りがひどい自分よりもっと悪い。

国原の最初の話では、選ばれなくても大学までは出してもらえるということだったけれど、こんなふうになってしまった自分が、大学に行けるのかどうか。そんな学費を出してもらうのにふさわしいかどうか。

でも、伯父伯母の元に戻るわけにもいかない。

空が一人増えることで、出費は増える。

そんな迷惑はかけたくない。

だとしたら、どうすればいいのだろう。

そんなことを考えていると、寝室の扉が軽くノックされ、答えを待たずに扉が開いた。

国原だ。

入ってきた国原と、ベッドの上に身体を起こしていた空の目が、正面から出会う。

「起きていらしたのですか」

国原は驚いたように言って、素早くベッドの傍らに寄った。

「お加減は？　どこか痛いとか苦しいところは？」

空は首を横に振った。

それで、国原はまだ空の声は出ないのだと察したのだろう。

傍らにあった椅子を引き寄せて座り、空と視線の高さを合わせる。

「……何か召し上がりますか？　飲み物は？」

空は俯き、首を横に振った。

なんだか……国原と、目を合わせることができない。

「何かしたいこと、してほしいことがあれば」

国原の声は、穏やかで優しい。

「……田舎に、帰ってみますか？」

空ははっとして顔を上げた。

国原はわずかに眉を寄せ、気遣うように空をみつめている。

こんな顔を国原にさせてしまっていることに、自己嫌悪がこみ上げる。

認めてほしい人に認められず、見放され、さらに余計な心配までかけている。

その心配も、国原ならではの強い義務感によるものだろうと思うと、なんだか辛い。

田舎に帰ってみる、というのは……一時的に、ということだろうか？

けれどこんな状態で帰れば、伯父伯母はどんなに心配するだろう。

伯父伯母に恩返しをして、楽をさせてあげたいと思って出てきたはずなのにこのていたらく。

合わせる顔がないとはこのことだ。

空は、首を横に振った。

「伯父さま伯母さまに、来ていただきますか？」

同じことだ。

また、首を横に振る。

国原は、小さくため息をついた。

「とにかく、あれこれ変化が大きすぎて、お疲れになったのでしょう。少し、のんびり過ごされるのがいいと思います。私はしばらく屋敷に泊まり込みます。勉強部屋の呼び出しボタンを押してくだされば、参ります」

空は驚いて国原を見た。

屋敷に泊まり込んで……空の面倒を見てくれるというのだろうか？

そんな迷惑はかけられない。

慌てて、首を強く横に振ると、国原はかすかに眉を寄せた。

「……私ではないほうがいいですか？」

そういう意味ではないのだ。

また俯いてしまった空を見て、肯定の返事と受け取ったのか……

国原は静かに立ち上がり、部屋を出ていこうとした。

「……！」

行かないで、と……

思わず空は国原のほうに手を伸ばして袖を摑もうとし、はっと思い止まった。

その気配を感じた国原が、宙に伸ばされて止まった空の手のほうに、自分の手を伸ばしかけ、
同じようにはっとして、止まる。

指先と指先がほとんど触れそうになる位置で。

しかし次の瞬間、空の手のほうが先に、引っ込められた。

国原も自分の手を身体に引き寄せる。

「……何かあったら、お呼びください」

そう言って、国原は今度こそ出ていった。

残された空は、自分の手を、もう片方の手で固く握る。

——縋ってしまうところだった。

他人に触れられるのが嫌いだという国原に嫌われるようなことをしてしまうところだった。

そうでなくても、迷惑をかけどおしだというのに。

ちゃんとしなくては。

国原に頼らず、ちゃんんと自分で——どうすればいいのだろう……？

何もかも、どうしていいのかわからない。

ぽた、と布団の上に涙が落ちた。

泣いたりしちゃいけないのに、と思いながらも涙が続けざまに零れ落ちる。

寂しい。

空は、自分が一番辛く感じているものの正体に気付いた。

たった一人の心強い味方だと信じていた人がそうでないとわかって、本当にひとりぼっちになったような気がして……心細く、寂しいのだ。

むしょうに、誰かの、何かのぬくもりが欲しい。

そういえば……眠りに落ちる間際、誰かが手を握ってくれたような気がした。

雲を探していたら、その手が握ってくれたような気がする。

最初は少し躊躇って……それから、優しく。

けれど、あんなふうに握ってくれる人の心当たりはない。

あれはもうすでに、夢の中だったのかもしれない。

そう思いながらも空は、自分の手にそのぬくもりが残っているような気がして、自分の手をさらにきつく握りしめた。

＊＊

国原は、屋敷の中に用意された部屋に入ると、どさりと椅子に腰を下ろした。

——困った。

口を突いて出そうになる言葉にはっとする。

困った。

その言葉の中に、自分でも戸惑うばかりのさまざまな感情が溢《あふ》れている。

何より国原を参らせているのは、罪悪感だ。

空を、ここに連れてくるべきではなかった。

傍系の親族を調査し、空を見つけ、当主に報告し、そしてここに連れてきたのは国原だ。

たとえば国原が、「田舎育ちの少年で、当主候補としてはふさわしくない」と報告すれば、当主はそれを聞き入れただろう。

その意味では、裕弥が言った「次期当主選びに意見を言える」という表現はあながち間違いではない。しかしそれはあくまでも、当主が国原に私的に意見を求めた場合のことで、公にそのような権限を持っているわけではない。

だが、空に関しては、完全に自分の責任だと思う。

事前の調査で、宮部家の経済状態が思わしくないことはわかっていた。

そこを上手につついて「空が仙谷家に入れば、宮部家では難しい学歴なども与えてやれる」と、空の伯父伯母に思わせるよう仕向けたのも国原だ。

一族の中から最初に選ばれた裕弥が、血筋や育ち、躾や外見など、条件的には文句ないと思われたが、当主は「誰かと比較したい」と言い出した。

国原は空なら裕弥と正反対の印象で、比較の対象になりやすいだろうと思った。

空にあれこれ耳障りのいいことを言ったかもしれないが、それは職業柄の口のうまさで空をその気にさせたことで、むしろ自分の手柄とすら思っていたかもしれない。

だが……その結果が、これだ。

いつもより屋敷を訪れるのが遅くなり、玄関で裕弥に引き留められた。

あまり愉快ではない会話を交わしてから空の部屋に行くと、空はいなかった。

待ちくたびれてどこかへ行ってしまったのだろうか、しかしそれも空らしくないと思い隣の寝室なども探し、廊下に出たところで、庭で騒ぎが起きていることに気付いた。

慌てて駆けつけると、空は真っ青な顔で引きつった呼吸をし、国原にも気付かなかった。

あの、空の様子を見た瞬間の、胸の痛み。

空のような田舎育ちの純朴な少年を、いきなりたった一人でこの屋敷に放り出して。

一応、空と裕弥二人の監督役ということになっている波賀が、裕弥寄りの人間であることは百も承知の上で。

そして、当主から空の言葉を……と言われたときには、本業からははずれるが、これも当主の覚えめでたくステップアップするための手段くらいに考えて。

食卓で空の味方をしたときも、あくまでも公平な自分を誇示する、自己満足だったように思う。

そんな自分の腹黒さにまるで気付かず、自分を味方と信じ慕ってきた空。

ちりちりと感じていた罪悪感は、単なる仕事上の失策ではなく、国原がこれまで感じたことのない胸の痛みになっている。

いや、罪悪感だけではない……これはなんだろう。

空と自分の距離が途方もなく開いてしまったことに呆然とする、この感じは。

さっき……空が、何かに縋るように手を伸ばしてきたとき。

国原が思わず応じようとすると、空ははっとしたようにその手を引っ込めた。

あれは、国原を拒否したのだ。

これまで自分が、なんらかの感情の発露として誰かに触れられることを嫌悪していた国原が、相手に拒否されてはじめて、拒否されたほうの痛みに気付いた。

最初の日に、空を置いて辞そうとした国原に伸ばしてきた空の手を、国原は拒否した。

空は傷ついたに違いない。

転びかけた空をとっさに支えたときすら空は国原を気遣って謝ったのだ。

その他にどれだけ、自分は無意識に、無神経に、空を傷つけていたのだろうか。

そう思うといても立ってもいられなくなって、立ち上がり、部屋の中をうろうろと歩き回っていると……

テーブルの上に置いていた携帯が鳴った。

限られた人間しか知らない、仙谷家当主の番号だ。

「はい」

急いで出ると、

『ああ、私だ。騒ぎのことを聞いた』

重みのある、老人の声。

住まいとしている別宅の、書斎の奥で炯々《けいけい》と目を光らせている老人の姿が目に浮かぶ。

「申し訳ありません、私の責任です」

『まあ、それだけではあるまい』

当主は、国原を責めることはせず、

『で、あの子をどうするのがいいと、きみは思うのかね』

そう、尋ねる。自分に、空に関して意見を述べる資格があるだろうかと思いつつ、国原は考えた。

「田舎へ戻してやったほうがいいのかもしれません。本人は戻らないと言っていますが、それは経済的な問題からかと」

『そういう問題だけなら、こちらからの誠意としてある程度のまとまった金額をつけて戻すこともできるが、負け犬のように帰されることを、本人が望むかな』

国原は言葉に詰まった。

空にとっては、消し去ることのできない挫折感となるだろう。

金銭で片付く問題ではない。

『取りあえず、もう少し短いスパンで考えてみよう。声が出ないのが精神的なものなら、そちらをケアしてやることで、治るのかもしれないのだろう。だったらそのケアを、きみに任せる』

「私は……」

国原は、迷った。

「私は、適任でしょうか」

当主に向かって、こんな気弱なことを言うのははじめてだ。

もしかすると、当主の国原に対する評価も変わるかもしれない……だが、そんなことを気にしている場合ではないと思う。

『きみらしくないことを言うな』

当主の声にかすかな笑いが忍び込む。

「彼は……私を拒否するかもしれません」

いや、すでに拒否されたのだ、と引っ込められた手を思う。

『それで逃げるのか?』

逃げる。

任せられた仕事から……いや、空から。

それは、したくない。

『どんな仕事からも逃げないのがきみの売りだろう。だったらやってみろ。彼をどうしたいのか、きみが自分で考えろ』

彼を……空をどうしたいのか。

その瞬間、国原にはわかった。

空を、笑顔にしたいのだ。

そして、あのなんともいえない、心和む訛りで「国原さん」と呼んでほしいのだ。

『わかりました、全力でやらせていただきます』

そのための方法は、なんとしてでも思いついてみせる。

はじめて、当主の前で点数を稼ぐなどという発想が消え失せていることすら自覚せず、そう決意して、国原は電話を切った。

＊＊

「空《そら》さま、お食事こちらに置かせていただきますよ」

昼食の載ったトレイを、黒いスーツ姿の男性がテーブルの上に置く。

最初の日に空をこの部屋に案内し、あれこれ説明してくれた、前沢《まえざわ》だ。

空が部屋を出たがらないので、食事を運んできたり、あれこれ必要な用事をしてくれるのは、主にこの前沢だ。

壁のボタンを押せば、前沢か、前沢が手が離せないときは誰か他の使用人がやってくる。

屋敷に泊まり込んで、呼べば来ると言っていた国原《くにはら》は、姿を見せない。

やはり、見放されてしまったのだ。

何か、国原の気に障ることをしてしまったのだろうか。

国原が立ち去ろうとしたときに、思わず手を伸ばしてしまった……あれがやっぱりよくなかったのだろうか。

気をつけていたつもりだったのに。

あれもこれも、自分が招いたことだ。

そう考えると、落ち込むばかり。

一日おきに現れる医師は「好きなことをしてのんびり過ごしなさい」と言うけれど、空には、何をするのが「好きなこと」なのかすら思いつかない。

前沢が、部屋にもともとあったのとは違うゲーム機を持ってきたり、DVDをあれこれ勧めてくれたりするのだが、そんな気にもなれない。

ゲーム機はもともと持っていなくて、学校の友達のものを借りたりしたこともあるが、それほど興味は持てなかった。

テレビやDVDも、観たいとは思わない。

それでも、勧めてくれる前沢に申し訳なくていくつか見てみたりもしたのだが、全然内容が頭に入ってこないし、スピーカーから流れてくる音がどうにもこうにも耳障りで、十分もすると辛くなってくる。

部屋から出ることを勧められても、裕弥《ゆうや》や波賀《はが》に会うかもしれないと思うと腰が引ける。

このままずっとこの部屋に閉じこもっているわけにはいかないことはわかっているけれど、それでも出られない。

自分はどうしてしまったのだろう。

「それから、空さま」

ソファに座ってぼんやりしている空に、前沢がそっと声をかけた。

「少し、本をお持ちしてみました。いかがですか」

傍《かたわ》らのテーブルに、五、六冊の本が置かれる。

空は、そうやって気遣ってくれる前沢に申し訳なくなった。

テーブルには、これも前沢が用意してくれた、筆談用のメモ用紙がある。

めったに使うこともないそれを、空は引き寄せた。

『いろいろ気を遣ってもらって、探してもらって、すみません』

「いえ」

前沢は少し躊躇《ためら》った。

「……私は、言いつかったものをお届けしているだけなのですよ。探して選んでいるのは……私ではないのです」

空は驚いて前沢を見上げた。

ずっと、前沢が持ってきてくれるものは、前沢が選んでくれたものだと思っていたのだ。

『じゃあ、誰が?』

当然の問いに、前沢は困った顔になった。

「それは、申し上げることができないのです」

そうなのか。

この屋敷の中の、空には理解できないルールのひとつなのだろうか。

「……お食事の間、お側にいましょうか」

前沢の問いに、空は首を横に振った。

本当は、ひとりぼっちで食事をするのも味気ないけれど、部屋から出られない……出たくないのは空のわがままなのだから、この屋敷を取り仕切っていて他の仕事もあるであろう前沢に迷惑はかけられない。

「では、おすみになりましたらお呼びください」

いつもどおりのやりとりに、前沢も部屋を出ていく。

昼食は、カラフルなサンドイッチのプレートだった。

ふかふかの食パンに、卵焼きと野菜がぎっしり詰まっている。

白や黒や黄色の、カラフルな甘いにんじん。菜の花。

添えられたピクルスは、カリフラワーでもブロッコリーでもない、確か……ロマネスコ。庭師の老人に会ったときに、教えてもらった名前。

他の野菜もみんな、あの老人が作っているものなのだろうか。

卵サラダではなく卵焼きが入っているサンドイッチというのもはじめて食べるが、やさしい甘さだ。

少なくとも、この屋敷で食べる食事は、本当においしい。

裕弥や波賀と三人で食べるときは、マナーが気になって味もわからなかったけれど、国原が加わるようになって食事を楽しめるようになった。

食材も、作っている人の腕も、盛り付けも、何もかもに……食べる側への気遣いや優しさが溢《あふ》れているように思う。

だから空も、食欲がないときでもなるべく残したくないし、残してしまったときには前沢に「ごめんなさい」のメモを示している。

けれどふと、伯母の煮物などが恋しくなる瞬間もある。

炊きたてのご飯と、伯母が育てたほうれん草のおひたしと、肉じゃがと、ネギの味噌汁と。

それだけで、食卓はどんなに豊かで幸せだっただろう。

じわりと涙が滲《にじ》みそうになって、空は慌てて首を振り……ふと、傍らに置かれた本に目を留めた。

前沢が置いていってくれたものだ。

一番上にあったのは、小さなサイズの写真集らしかった。

小さなネズミのようなものが、小さな黒い目でこちらを見ている。

手に取ると、それは「ヤマネ」という生き物の写真集らしかった。山で生きる小さな小さな生き物を四季を通じて丹念に追ったものらしく、添えられている短い説明も、ユーモア溢れた温かいものだ。

細い一本の枝の後ろで、身体は丸見えなのに隠れているつもりになっているらしい写真に、空の口元が綻んだ。

他にも可愛らしい写真がたくさんあって、気がつくと最後のページを繰っていた。

重ねられた他の本を見ると、他にも大人向けの絵本や短いファンタジー小説など、あまり頭を使わずに楽しめる、現実離れしたものばかりで、不思議と空の気をそそる。

今の空が、難解で頭をひねるようなものや、現実感があって身につまされるようなものには気が向かないであろうと……空自身が気付いていなかったようなことを、誰かが考え、選んでくれたのだ。

でも……いったい誰が？

まさか、国原？

よぎった考えを、空は慌てて否定した。

国原には見放されてしまったのだ。そんなはずはない。

けれど誰か、この屋敷の中に、空のことを本当に心配し、空の心に寄り添って、あれこれ考えてくれる人がいるのだ。
別な本を手に取ってみる。
「おやすみ」というタイトルの絵本を開くと……
最初のページには木にぶら下がっているピンク色のナマケモノの絵があり、
ねむたいときには全力でねよう。
なまけたいときには全力でなまけよう。
それがしごと。
そんな文字が重ねられている。
この本を選んでくれた人の、空に対するメッセージだとわかる。
そう思うと、じんわりと胸が熱くなってくる。
その人が誰か知りたい。
その人のためにも、こんなふうに閉じこもっていてはいけない。
そうは思うけれど……
試しに声を出そうとしてみても、やっぱり出ない。
そして、部屋の外に出ることが、怖い。
自分はどうしてこんなことになってしまったのだろう。
空はため息をついて、それでも絵本の続きが読みたくて、ページを繰った。

その、数日後。

空は、ぼんやりと窓の外を見ていた。

さわやかな晴れで、細く開けた窓からは、そよそよと風が忍び込んでくる。

庭師の老人の姿は見えないが、花壇が相変わらずきれいに手入れされ、中央の広い芝生には

……


空は瞬きした。

芝生の上に。

何か、見慣れない白い塊が置いてある。

いや、置いてあるのではない。それは、ゆっくりと動いていて……

見覚えがないどころではない、それは。

空は飛び上がり、靴を脱いで座っていた椅子から飛び降りた。

靴下のまま廊下に飛び出し、庭に続く扉を開ける。

階段を駆け下りながら……

「雲《くも》！」

絶叫するように、叫んでいた。

雲だ。

芝生の上にいるのは、雲だ。間違いない。

他の羊なんかじゃない。

空の声に気付いたように、芝生の草を食んでいたらしい雲がぴくりと頭を上げ……

スキップするように、こちらに向かって走ってくる。

「雲！」

芝生の端で、雲は空に全身で体当たりし、そのまま転がる。

雲は全体重をかけられると空が潰れるような重さだけれど、そこは上手に息を合わせて、空が雲の首にしがみつくような形で起き上がった。

間違いない、雲だ。

この、少し埃っぽいような、お日さまの匂い。

弾力で掌を押し返してくるようなぎっしりと生えた毛の感触……！

首をきつく抱き締められたまま、雲は後足でぴょんぴょん跳ね、全身で喜びを表している。

「雲、会いたかったよ」

でも……どうして雲がここに？

はっとしてあたりを見回すと、少し離れたところに、国原が立っていた。

驚いたように目を見開いている。

国原だ。

だって、他に、雲のことを知っている人は誰もいない。

国原が、雲をここに連れてきてくれたんだ……！

「国原さん！」

空が叫ぶと、国原ははっと我に返ったように見えた。

「空さん……声が」

慎重な口ぶりでゆっくりとそう言われ、空はぎくりとした。

声。

そういえば……

今、雲を呼んだ。そして、国原を、呼んだ。

思わず両手で喉《のど》を押さえ、それからおそるおそる声を出す。

「あ……」

出る。

「国原さん、お……僕、声が、出ます！」

「……よかった……！」

国原は、心からほっとした顔になった。

「やはり雲が特効薬でしたか」

声にも安堵《あんど》が籠《こ》もる。

「伯父さま伯母さまに心配をかけないように説明をし、雲をここに連れてくる手配をするのに、少し時間がかかってしまったのですが」

その瞬間、空にはわかった。

国原だ。

雲を連れてきてくれた……空のために気を配ってくれた……あの本も、その前のＤＶＤやゲーム機も、そうだ、筆談用のメモの用意や、空が自分の部屋でなんとか寛《くつろ》いで過ごせるようにという気遣いのすべてが……

国原だったのだ。

見放されたのだと思っていたのに。

国原はずっと、空のことを気にかけていてくれたのだ。

「あ、ありがとうございます、僕……」

本当は、抱きつきたいくらい嬉しい……けれど、国原に触れてはいけない。

無意識に上がった手を下ろそうとしたとき。

国原が、躊躇いがちに、右手を差し伸べてきた。

「よかった、です」

その手が少し迷ってから、空の肩にそっと置かれる。

国原が、自分から空に触れてくれた。

空の全身に、不思議な甘い痺《しび》れが走った。

そっと置かれただけなのに、ずっしりとした重みと、温かさが伝わってくるような気がする。

国原がふと、空の足下に視線を落とした。

「空さん、靴は」

「あ……！」

靴を脱いで椅子に座っていて、そのまま飛び出してきてしまったのだ。

「部屋に戻りましょう。伯父さま伯母さまからの、ビデオレターもお預かりしているのです」

国原がかすかに微笑んで促すと、空はもう一度しゃがんで、雲を抱き締めた。

最初のうちは空にぐいぐい頭を押しつけていた雲は、もう、足下の芝生を食み出している。

「雲を、お部屋に連れていきたいですか？」

国原が尋ねた。

「一応、雲が夜に入れる囲いは温室の隣に用意してあります。芝生の草も、雲の餌として問題がないということですが、もし空さんがお部屋で飼いたいなら……」

「あ、いいえ」

空は首を振った。

田舎の家では夜だけ雲を家の中に入れていたけれど、やっぱりその辺にころころフンをするので、小さなスコップを手に、空が拾い集めていた。

この広い豪華なお屋敷の、ふかふかの絨毯《じゅうたん》や磨き上げられた床を汚すわけにはいかない。

それに国原がただ雲を連れてくるのではなく、そんなふうに気を配ってくれたのなら。

「雲も、お屋敷の中ではびっくりすると思います。囲いがあるなら、雲の世話は僕がちゃんとしますから……なあ雲？　ここの芝生、雲が食べていいんだど。いっぺんに全部食べたらだめだかんな。あどでまた来っからな」

雲の背中をぽんぽんと叩いて、空は立ち上がった。

歩き出す空と国原を、二、三歩追いかけたものの、空の様子からまた置いて行かれるのではないとわかったらしく、またもぐもぐと草を食べ始める。

屋敷の建物に入ると、そこには前沢が新しい靴下と靴を持って待ち構えていた。

「よかった、汚してはいけないと思ったので」

空がそう言って履いていた靴下を脱ぐと……

前沢が目を丸くして国原と視線を合わせ、空に向かって微笑んだ。

「ようございました。お部屋のメモはもう必要ございませんね」

「はい」

空はちょっとはにかみながら頷《うなず》いた。

前沢も、心配していろいろ世話を焼いてくれたのだ。

この屋敷の中で、空は決してひとりぼっちなんかではなかったのだと、つくづく思う。

部屋に入ると、国原は空と向かい合ってではなく、ソファに隣り合って腰を下ろした。これもはじめてのことで、空はなんだかくすぐったく、嬉しい。

「喉はなんともありませんか」

改めて国原が尋ねた。

「大丈夫です……なんで声が出なかったのかが、不思議なくらいです」

空が答えると、国原はわずかに首を傾《かし》げて空をみつめた。

「言葉が……無理をなさっていませんか。今はレッスンではありませんから、話しやすいように話していいのですよ」

「え？」

空は何を言われたのかわからず、きょとんとした。

「僕、何か変なことを……」

言いかけて、はっと気付く。

僕、と言うことに抵抗がない。

そして、自分の中で、母音をはっきり言うことや、清音と濁音の区別が明瞭になっているような気がする。

けれどそれは、自分の言葉がすべて変わったわけではなく……

そう、たとえば雲に話しかけるときは、やっぱり「おら」がふさわしい気がする。

なんというのか、自分の中に「今までの言葉」という箱があって、国原とのレッスンで新しく「東京の言葉」という箱を作って、けれどその新しい箱から言葉を取り出すのが、とても大変だった。

しかし今、自分の中にふたつの箱が共存していて、両方から同じ太さのパイプが出ていて、自然に切り替えができる……という感じだろうか。

「なんだか、あまり大変ではありません」

空が言うと、国原の口元がわずかに綻んだ。

「使い分けがスムーズになったのですよ。こうなったら、あとはそれほど苦労しません。平坦で語尾上がりのイントネーションを直していけばすむことですから。それはそれで大変ですが、空さんならできます」

ということは、空の言葉はまだどこか変なのだろう。

それでも、国原の「空さんならできる」という言葉が、なんと力強く、嬉しいものに聞こえるのだろう。

「もしかしたら、何日か全く喋《しゃべ》らずにいたことが却《かえ》ってよかったのかもしれません。頭の中の混乱を、整理できたのかもしれませんね」

考え込むような国原の言葉に、空ははたと思い出した。

声が出なかった……その、そもそものきっかけは。

裕弥と国原の話を聞いてしまったことだった。

「あの……」

おそるおそる、尋ねる。

「国原さんは、まだ僕に、レッスンをしてくれるのですか」

「え？」

国原が戸惑い気味に眉を寄せる。

「あの……国原さんは、僕がこの家の跡取りにならないほうがいいと、思っているのではないですか」

国原はぎくりと身じろぎした。

「……裕弥さんとの話をお聞きになったのですね」

「ごめんなさい、盗み聞きなんかして……」

「いえ」

国原は視線をせわしなく動かし、裕弥との会話を頭の中で再現しているようだった。

「あれは……違うのです。少なくとも、あなたが当主にふさわしくないという意味ではなく……あなたにとって、仙谷《せんごく》家の当主になることが望ましくないことではないかと……そう、思ったのです」

ソファの上で少し座る向きを変え、空を正面からみつめる。

「私はあなたに、『仙谷家の当主になりたいかどうか』は一度も尋ねませんでした。あなたには事実上、伯父さま伯母さまの経済的負担を取り除くためにここに来る、という選択肢しかありませんでした。しかしそれが……あなたの望む、あなたの幸福に繋《つな》がることなのかどうか、ここでのあなたの辛そうな様子を見ていると、それが疑問に思えたのです。ただ」

かすかに躊躇う。

「あの会話は……私の中で、裕弥さんとの決定的な対立を避けたいという計算が働いて、裕弥さんに迎合する表現になったことは確かです。あの言葉があなたを傷つけ、ああいう事態を招く引き金になったのだとしたら……私はどうお詫びすればいいか……」

空は思いきり、首を横に振った。

「謝らないで、ください」

むしろ空は、胸につかえていたものがすっきり落ちたようになっている。

国原は、空を見放したのではなかった。

むしろ、空のことを、空の気持ちを、考えてくれていたのだ。

それを勝手に勘違いしたのは、自分だ。

「国原さんに、見捨てられたのかと思ったの、です。そうじゃなくて、嬉しいです」

空の言葉に、国原は驚いたように眉を上げた。

「私があなたを見捨てたと……それが辛かったと……？」

「はい」

空は真っ直ぐに国原の目をみつめてそう頷いてから、はっと赤くなって俯《うつむ》いた。

これじゃまるで……国原にあまりにも頼りすぎていて、寄りかかっているみたいだ。

国原に見放されたのではなかったとはいえ、この先だって自分がもっとしっかりしなくては、国原に迷惑をかけてしまうかもしれない。

いつまでも子どもみたいで恥ずかしい。

耳を赤くして俯いた空に、国原はしばらく無言で……

それから、ゆっくりと尋ねた。

「空さん、基本的なことを確認しましょう」

その真剣な声音に、空は顔を上げた。

「はい」

なんだろう、と続く言葉を待ち受ける。

「あなたは、仙谷家の当主になりたいですか。今ならあなたにその……慰謝料のような名目で、ある程度の……この先困らないだけのお金をお渡しして、帰っていただくこともできると思います。もしあなたがそう望むのなら」

思いも寄らない言葉に、空は絶句した。

帰る。

この先困らないだけのお金を貰《もら》って。

それは……国原が、当主とやらにそう掛け合ってくれるということだろうか。

あの、山の上の牧場。

小さな小さな集落。

伯父伯母がいて、雲がいる、穏やかで優しい生活。

ここに来たことはなかったかのように、あの生活に戻れるのなら……

しかし、空を押しとどめるものがあった。

あの懐かしい生活の中には、ひとつないものがある。

国原の存在だ。

それだけでどうして、あの懐かしい生活が、何か欠けたものに思えるのか。

どうしてこんなに、自分にとって、国原がいるかいないかが……国原の存在が大きなものになっているのか、空にはよくわからず、戸惑いながらも……

このまま帰るのはいやだと、それだけは強く思う。

お金を貰う、というのも何か違う気がする。この先困らないだけのお金というのは、たぶん大変な金額だ。仙谷家にとってはたいした額ではないのかもしれないが、空にはそんなお金を貰う理由はない。

「僕は、まだ、帰れません」

出てきたのは、そんな言葉だった。

「まだ……帰れない、とは？」

「ここのうちの跡取りになりたいのか、なりたくないのか、僕にはまだよく、わかりません」

空は必死で、自分の気持ちに一番ぴったり来る言葉を探す。

声が出なくて、部屋に閉じこもっている間に考えていたことだ。

「だって、僕は、仙谷家の跡取りというのが、何をする人なのか全然知らないから、です」

本当に漠然と、お金持ちの跡取りになるとしか考えていなかった。

けれど、そのためには相応の「義務」もあるはずで、それがなんなのか、自分は知らなかったし、知ろうともしなかった。

そんな自分の甘い姿勢のせいで国原に見捨てられたのでは……というのが杞憂《きゆう》だったとしても、やっぱりその甘さは反省しなくてはいけない。

「仙谷家っていうのが、どういう家なのか。僕は、おがあさ……母と、この家の繋がりも、よくわからないのです。遠い親戚っていうだけで。そんな人間が、跡取りになっては、いけないと思うのです」

「空さん……」

国原にとっては思いもよらない空の反応だったようで、言葉を失って瞬きする。

「それは……仙谷家の当主になりたいかどうかを決める前に、まず、その地位が何を意味するのか知りたい、ということですね」

「はい」

「……わかりました」

国原は納得したように、大きく頷いた。

「実は、今の段階では敢《あ》えてお知らせしていない部分もあったのですが……それにしても、裕弥さんの知識とあなたの知識に隔たりがあるのは確かです。すぐに当主に相談して、そちらの勉強もはじめることにしましょう……講師が、私でよろしければ、ですが」

躊躇うように付け足された言葉に……

「国原さんに教わりたいです！」

勢い込んで言ってから、空はまた訳もなく赤くなった。

その夜、久々に空は、裕弥や波賀とともに食堂で食事をした。

もちろん国原も一緒だ。

「心配かけてごめんなさい」

空は食卓に着くと、まず二人に頭を下げた。

心配などしていなかったかもしれないが、それはけじめというか礼儀というものだ。

空がそう出ると、さすがに裕弥も鼻白んだようで、

「ふうん、声が出るようになったならよかったじゃん」

と、取りあえず言って見せた上で、

「で、いつ田舎に帰るの？」

まるでそれが決定事項であるかのようにそう尋ねた。

「帰りません」

空はきっぱりと答えた。

裕弥が波賀と顔を見合わせ、眉を寄せて国原をみつめる。

「そういうことです。空さんは帰りませんし、今後は私が、空さんの教育係として務めさせていただくことになるかと思います」

国原がさらりと言った言葉は裕弥にとって爆弾発言だったようで、

「なんで!?」

テーブルをばんと叩いて立ち上がり、椅子が後ろにひっくり返った。

配膳係の使用人が椅子を起こすと、裕弥はそれが当然のように腰を下ろす。

「それってさ、国原さんがこいつ側につくってこと？　ひどくない？　波賀さんと国原さんじゃ、

当主さまとの距離が全然違うじゃん！」

「こいつ、ではなく空さんです。波賀さんはこういうことを、マナー違反として教育していないのですか」

穏やかに、しかし辛辣《しんらつ》に、国原が言い返す。

「私はどちら側につく、というような考えはありませんよ。ただ、空さんにはスタート地点から裕弥さんよりもハンデがあります。そのハンデを埋める教育が必要と当主が判断され、私が任されたということです」

夕食までの間に、国原は当主に連絡を取ってすでに話はつけてある。

「裕弥さんだって、ライバルは強力であるほど勝利したときの達成感は大きいのではないですか」

その国原の言葉に、裕弥は何か裏の意味を感じ取ろうとしたようだった。

「……ふうん、まあ、国原さんに何か考えがあるなら、いいけどさ」

そう言って裕弥はナイフとフォークを手に取った。

そのやりとりを無言で聞いていた波賀が、探るように国原に尋ねる。

「空さんへの教育内容を、一応私も伺っておいてよろしいですか」

「もちろん。隠すことなど何もない、適宜お教えしましょう」

空は、すべてのやりとりの間に、何か自分にはわからない裏の意味があるような、妙な雰囲気を感じ取っていたが、口を挟まずにいた。

空にとっては、とにかく国原が自分の教育係になってくれる……それだけでじゅうぶんだったのだ。

ベッドに入ると、久しぶりに身体がゆっくりとマットレスに馴染み、身体の力が抜ける感じがした。

夕食後、雲に会いに行って、わらを敷いた居心地のよさそうな囲いを見て、安心した。

雲は意外に順応性があるようで、空が行けば喜んだ様子を見せたが、新しい寝床も気に入ったらしい。

庭師の老人がいて雲の面倒を見ると言ってくれたが、空はできるだけ自分でやると言って、水を汲《く》む場所などを教えてもらった。

明日からは、早起きして朝食の前に雲の世話をし、芝生に放すつもりだ。

庭師の老人は、空とごく自然に会話をしてくれて、空は「使用人と気安く話してはいけない」という裕弥の言葉など気にせず済んだ。そもそも、裕弥がそう言ったことの根拠を、国原に尋いてみたいと思う。

国原が何か、納得のいく理由を話してくれたら、考えよう。

そんなことを考えながら……

裕弥は、なんだか心が浮き立つのを覚えた。

いくつも並んだ枕の中から、手近なひとつを引き寄せて抱き締める。

どうして……自分の気持ちは、こんなにぽかぽか温かいのだろう。

会いたいときに、いつでも雲に会える。

もちろんそれもある。

でもそればかりじゃない。

空にはわかっている。

――国原だ。

国原に見放されたのではなかった。

国原が、空の教育係になっていろいろ教えてくれる。

それがどうして、こんなにも嬉しいのだろう。

空が声を出せたときの驚きの顔。

肩にそっと置いてくれた、大きな手。

空が、東京の言葉を話すきっかけを摑《つか》んだと知ったときのかすかな微笑み。

謹厳な国原の顔が、ほんのわずかの笑みで、驚くほど柔和で親しみやすくなる。

そんな国原の、自分に向けられた言葉や表情を、ひとつひとつ思い返しては噛《か》み締めてみる。

そしてはたと、自分の頭の中が国原でいっぱいだと気付き――

かあっと顔が赤くなるのを覚えた。

どうしてだろう。

どうしてこんなに国原のことばかり考え、そして胸がどきどきして、頬が熱くなるのだろう。

こんなのは、変だ。

――国原には、変だと思われないようにしなくては。

ようやくそう思いながらも……

空は繰り返し国原のあれこれを思い出しながら、ゆっくりと、本当に久しぶりの幸せな眠りに落ち込んでいった。

＊＊

同じ頃。

屋敷の中の自分の部屋で、国原は足を組んで椅子に座り、片手でウィスキーのグラスを揺らしながら、空のことを考えていた。

正確には、空の肩に手を置いた自分について、かもしれない。

空の声が出なくなってから、国原の頭の中は「空に何をしてやれるか」でいっぱいだった。

ショップに足を運んで、あれくらいの年頃の少年が好きそうなゲームやＤＶＤを選んでみたが、前沢に様子を聞いて、それは見当違いだったとわかった。

それで今度は、本屋を巡った。

たった一人で、生まれ育った環境から引き離されて、ひとりぼっちになって……そういうときに心をやわらげるものはなんだろう。

国原自身は、勝ち気で、ただただ負けん気で、自分の能力を信じて堪えてきた。

だが自分と空は違う。

空には、国原にはない繊細さと純粋さがあり、それが国原には想像もつかない別な思考を生んでいるのだと思う。

自分と全く違う人間の、「心に寄り添う」ことなど、したことがなかった。

生まれてはじめて、おそろしく難しい課題を突きつけられた。

たとえば……

空の故郷に似た風景の写真集。

何か、羊についての本。

しかし、そういう、直接的に空の過去に繋がるものは、却ってホームシックになって辛いかもしれない。

そう思いながら、真剣に、一冊一冊の本を選んだ。

空がそれを読んでいるらしいことを前沢から聞いたときには、心からほっとした。

これで少なくとも空の心を、辛さから逸《そ》らしておける。

そして雲を連れてくることを思いついたときには、「これだ！」と思った。

遠くにいる雲を思い出すのではなく……直接雲に触れられることは、空にとって喜びとなるはずだ。

しかし現実問題として、郊外の丘の上にある広い敷地とはいえ、この屋敷に羊を一頭連れてくることは現実的なのかどうか。

羊について調べ、可能そうだという結論に達し、当主に報告して許可を得て。

空の伯父伯母に空は元気で頑張っていると伝えつつ「空さんの遊び相手として」雲を連れてきてもいいかどうか打診し。

安全に羊を運ぶための輸送方法を調べ、手配し。

そして、雲のために作らせた囲いなどの環境に、雲が慣れて落ち着くのを待ってから……庭に放した。

それでも、空が庭に飛び出してきて雲に駆け寄ったときは、もっと静かに対面の機会を作るべきだったかと、息詰まる思いだったが……

空は全身で喜びを表し、そして、声が出た。

その瞬間、国原はほっとしたあまり、脱力しそうになった。

そして、空が国原に向けた笑顔。

はにかみがちで柔らかい、感謝でいっぱいの……しかしどこかおずおずとした。

これが……見たかったのだ、と。

そう思った瞬間、国原は自分でも驚くような衝動に突き動かされて……

空に向かって、手を伸ばしていた。

いったいその手をどうしたいのか、空の頭に置きたいのか頬に触れたいのか、それすらわからず……それでも引っ込めることはできず、なんとか肩に置いた。

その瞬間、国原の胸に広がった、なんともいえない温かさ。

空に拒絶されなかったことに、自分でも驚くほどほっとした。

そして空の頬がほんのりと桜色に染まったのは、本人も意識はしていなかっただろう。それを見た瞬間、国原の胸がざわりと動いたのはなんだったのか。

そのあと、空の部屋で話し、そもそも空が声が出なくなるほどのショックを受けたのが、自分が裕弥と交わした会話を聞いたせいだと知ったときには……

うかつな自分を殴り倒したくなった。

国原の立場というのは確かに公式に「空側」ではない。

そして空を連れてくる前には、国原の中には確かに、裕弥を「将来の当主」と見て、自分を有能な人間として印象づけることに損はない、という計算があり。

あの我《わ》が儘《まま》で横柄で、人の上に立つことを当然と思っている少年を好きにはなれないながらも、それを決して表には表さず、慇懃《いんぎん》で丁寧な「仕事用の顔」で接していた。

あの階段下での会話でも、裕弥に本心を見せず、裕弥から「敵」と認識されないように適当に話を合わせたつもりだった。

ただ、空をここに連れてきたことが正解だったのかどうかという迷いの気持ちから、「空が当主になったほうがいいか」という裕弥の問いに「そうは思わない」と答えてしまった……それが、空に説明したような本心ではあったけれど、裕弥と完全に敵対関係になるのは得ではない、という計算が働いていたのも確かだ。

そしてそんな国原の計算尽くの態度が、空を傷つけた。

そう思うと、歯噛みしたくなる。

しかし空は国原の説明を疑いなく受け入れたばかりか、仙谷家の当主という地位が意味することを学びたいと、驚くほど前向きな姿勢を見せた。

空は……強いのだ。

慣れない環境に打ちのめされた繊細な少年と思っていた。

それが痛々しく、罪悪感から、なんとかしてやりたいと思った。

だが空は、傷つきながらも、ただ傷ついていたのではなくあれこれ本当に深く考えていたのだろう。

そして、驚くような立ち直り方をしてみせた。

国原自身が、ぶつかってくるものをすべて跳ね返す鋼鉄のようなある意味融通の利かない強さを持っているとしたら……

空は、しなやかな柳の強さなのだと、思う。

もしかしたら……空には本当に、仙谷家の当主になる未来があるのかもしれない。

国原ははじめて、その可能性を信じられる気がした。

そして、年若い当主となった空の隣に、補佐役として自分がいる。

それは、新しい目標であり野望である、と言えるのだろうか。

だが。

思い描く未来で、空の傍らに立つ自分が、空の肩に手を置き……そして抱き寄せようとしたのに気付き、ぎょっとして空想を断ち切る。

今のは……覚えがある。

ユキの身体を見て、自分が支えた空の身体を思い出したときの、あの感じに共通する何か。

しかしそれと全く同じではない。

空に触れたいと思う衝動は、行きずりの誰かを抱きたいという感覚とはまるで違う。

ただ純粋に「触れたい」だけ。

そう……皮膚と皮膚と触れ合わせることで、触れた部分を通じて、何か甘い感情が行き交うことへの淡い期待のような。

どういうことだ。

あれほど、なんらかの感情を伴って誰かに「触れられる」ことを嫌悪していたはずなのに。

じめじめした感情を伴わない、ドライなセックス以外で他人に触れることを、あれほどいやがっていたはずなのに。

触れられるどころか、「触れたい」という衝動が自分の中に生まれるとは。

国原は、自分が動揺しているのを感じた。

いや、たぶん……自分は、空に対して保護者的な何かを感じているのだ。

そう、空が雲について語っていた……「必要とされているから愛おしい」という、含蓄のある言葉。あれを聞いたとき、空の意外に大人びた部分に驚いたのだが……

自分が空に対して感じているのも、そういうものなのかもしれない。

空が国原を必要とし、慕ってくれるから。

だから国原も、空に対し、何かそういう感情を覚えているのかも。

国原は無理矢理に自分をそう納得させようとする。

愛おしい……それに近い感情を、自分が誰かに抱くことがあろうとは考えたこともなかったのだが。

空と雲。

自分と空。

だが……

空は人であって羊ではない。

それが困ったところだと、いったい何に困っているのかもわからないまま、国原は考えていた。

＊＊

学校から帰ると、部屋に荷物を置き、それから庭に飛んでいく。

雲が駆け寄ってくる。

しばらくすると、国原も庭にやってきて、天気がよければ芝生の上で、国原の講義がはじまる。

雲は草を食みながら、または空の傍らに座り込みながら、一緒に話を聞いている。

空は雲に寄りかかって、両手で膝を抱えながら国原の話を聞く。

ぱりっとしたスーツが汚れると最初は心配したけれど、国原は気にも留めていないようだ。

国原がまず教えてくれたのは、仙谷家についてだった。

明治時代の政治家として、歴史の教科書に出てくる人が先祖だと知ってまず驚いた。

外国との貿易で財を築いてから政界に進出したらしい。

木材の輸出入からはじまって、建築・建設、紡績などに手を広げ、縁戚関係から銀行も手に入れ、教育に力を注いで私立の学校を設立し……と、聞いているだけでもくらくらするような世界だ。

戦後はその繋がりがいったんばらけたけれど、通信事業やエネルギー事業などに手を広げながらグループ企業としての繋がりを新たに結び直した。

当然どの会社にもそれぞれに経営者がいて、それは仙谷家の人間だったりそうでなかったりはするけれど、仙谷家の本家当主が半分以上の株を持つことで、事実上支配している。

あまりテレビなどを見ない空ですら知っているような、有名なコマーシャルを流している企業も事実上仙谷家のものなのだと聞いてびっくりする。

要するに、想像もできないようなお金持ちだということだ。

では、仙谷家の当主というのは、それらの会社などのすべての経営に携わる人なのかと思えば、そうではないらしい。

「一族の、またグループ企業の、統率の象徴のようなものです」と国原は言う。

すべての線が一点で結びつく、その結び目のようなもの。

経営などの、実務的な能力は普段はそれほど求められない。

ただ、グループ企業が集まるときに、すべての企業の上に君臨する存在があることで、全体が一体感を持てる。

同じグループの中で競い合いの度が過ぎて潰し合うようなことが防止できる。

また、経営者の交代などでもめたとき、最後の手段として「鶴の一声」を持つ存在があることで、安定が揺らぐことを避けられる。

国原が、経済などの仕組みがよくわかっていない空に、かみ砕いて説明してくれたのはそういうことだった。

「それは……じゃあ」

空は、なんとか自分が理解できるたとえを考える。

「校長先生みたいなもの、ですか。担任は持たないし、生徒を直接教えないけど、一番上にいて、学校を代表するみたいな」

「ああ、似ていますね。よくそのたとえを思いつきましたね」

国原は頷く。

「ただ、それが血筋で選ばれる……というところが、校長とは違いますね。私立の学校の理事長が近いかもしれません」

「じゃあ……じゃあ」

空にとっては、そういう「校長先生」とか「理事長先生」に自分がなるかもしれない、ということは想像もつかないが……

「何かの教科の、専門じゃなくてもいい……んですね。そしたら、どういう能力が、必要なのですか。たとえば、僕と裕弥くんのどっちかが選ばれるとして、誰が、どういう基準で選ぶのですか」

国原は考え込んだ。

「それが実は……私にもよくわからないことなのです。というよりは、わかっている人間は誰もいないと思います」

「え」

空は驚いて瞬きした。

誰にもわからないというのは、どういうことだろう。

「当主が一存で決めるのです」

国原は言った。

「いつ、どういう基準で決めるのか、すべては当主にかかっています。今回、空さんと裕弥さんという、高校生の二人を候補にしたのも、当主の考えです。お二人をこの屋敷に招いて、そこで何をどうするのか……私はそこまでは聞いていません」

空は、途方に暮れた。

「でも……僕も、裕弥くんも、その当主さまに会ったことがなくて……どうやって決めるんでしょうか。いつか、面接みたいなことがあるんでしょうか」

「そうかもしれませんね」

「じゃあ今は、ただここで暮らしていればいい……んですか？」

空は「いいのですか」と堅苦しくなりそうなところを「いいんですか」と言い換えるのに少し躓《つまず》いた。

空のしゃべり方はまだどこか不自然で、どうかすると文章に書いたものを読んでいるようになってしまうのを、直しているところだ。

考え考え喋るため、どうしても話し方はゆっくりでもどかしいものになる。

国原は、ちょっと首を傾げた。

「そうですね、今はそうするしかないのでしょう。もしかするとある日突然当主が抜き打ちでやってくるかもしれませんし……屋敷の誰かが、お二人の日常を当主に報告しているのかもしれません」

誰かが、自分たちの日常を観察して報告している。

そう思うと怖いような気もするが、そもそも求められている資質がわからないのだから、何かに気をつけようにも気をつけようがない。

ということは、今は自分なりに「普通に暮らす」しかないのだ。

そして空には少なくとも「東京の言葉を話せるようになる」という当座の目標がある。

それはもしかすると、明確な目標を持たないらしい裕弥よりも気が楽なのかもしれない、とも思う。

裕弥のことを思い出し、空は国原に尋きたかったことを思い出した。

使用人との距離だ。

「裕弥くんに、気安く使用人と話しちゃいけないと言われたん、ですけど、それはこの家の決まりなの……なんですか？」

国原はちょっと眉を上げた。

「決まりということでしたら、あらかじめ注意があるはずです。そうでないのなら、それは裕弥さんの考え方でしょう。裕弥さんの家も、グループの中核企業のひとつを経営していて、それなりの数の使用人がいる家庭です。おそらく彼の家では、そういう方針だったのでしょう」

「それは、どうしてなんでしょう」

空には、納得いかないことのひとつだ。

毎日顔を合わせている人たちと、どうして気軽な雑談などをしてはいけないのか。

「雇用関係や上下関係がある場合、上に立つものがあまり気安い様子を見せると下のものが勘違いをして馴れ馴れしくなり、関係性が崩れることがある……ということでしょうね」

国原は考えながら言った。

「そういう考え方の人もいますし、そうではなく、使用人も家族の一員として温かい関係を築いている人もいます」

「そうなんですか……！」

だとしたら、空にとっては後者のほうがずっといい。

「僕は、僕が思うようにしていいの、ですか」

「そう思います」

空はほっとした。

だったら、前沢にももっと頼み事やお礼ができるし、わからないことも尋けるし、庭師の老人に野菜の話を聞くこともできる。

しかし空には、ちょっとだけ気になることがあった。

「当主さまは……どっちなんでしょうか」

使用人に対する態度は。

「あの方ですか」

国原は慎重な口ぶりになった。

「私も、普段は電話でやりとりしていて、何かあるときに呼ばれる程度ですが……いつも書斎の奥にお一人でいらっしゃるので、使用人とどう接しているかはよくわかりませんね」

わかっていても、空に言うべきではないと国原は思っているのだろう。

当主の態度を知れば、空の行動に影響が出る。

当主も国原も、それは避けたいのかもしれないと、空にはなんとなくわかってくる。

そして、国原のそういう態度を、好ましいと思う。

国原はとことん公平だ。

裕弥が知っていて空が知らないことは教えてくれる。けれど、空に、いわばカンニングのように内密の情報を教えることはしない。

そんなことをされたら、むしろ空は戸惑ってしまうだろう。

そうまでして跡取りになりたいのかどうか、まだはっきりとわからないのだから。

「さあ、そろそろ……」

国原がレッスンの終了を告げかけると、とっくに話に飽きていたらしい雲が突然のっそりと起き上がり、空は後ろにひっくり返った。

「うわ！　これ、雲、なにすっだ！」

空は思わず笑いながら芝生に仰向けになり、逃げていく雲の足を捕まえる振りをしてから、起き上がろうとする。

すると……

目の前に、手が差し出された。

国原の、大きな手。指が長く、節がしっかりした大人の男の手だ。

声が出るようになった日、国原は空の肩に手を置いた。

けれどそれ以降はそういうそぶりはなく、空も今までと同じように、国原に触れないように注意していたのだが……

差し出された手は、ごく自然に、空を助け起こそうとしている手だ。

空は自分の手を、国原の手に載せた。

ぎゅっと握られ、そして引っ張られる。

片手で軽々と、国原は空を立ち上がらせ……そして、手が離れる。

「す……すみません」

「こういう場合には、ありがとうのほうが好ましいでしょう」

国原はさりげなく言って、芝生の土で少し汚れた自分のスーツを軽く叩く。

空は……たった今国原に握られた自分の手を、思わず握りしめた。

今の手は……知っている。

国原と、握手すらしたことがないはずなのに。

あの手の、あの感触。空の手をすっぽりと包み込む大きさと……あの、温度。

絶対に、知っている。

声が出なくなって倒れた日だと、ふいに空は思い出した。

おそらく鎮静剤か何かを投与されて、現実感がまるでなく、ただベッドに横たわって天井を見上げ、ベッドの下にいるはずのない雲を手で探していた。

その手を、誰かの手がそっと握ってくれた。

そして空は、安心して眠りに落ち込んでいったのだ。

あれは夢かと思っていたけれど……

国原の手だった。

人に触れるのが、触れられるのが嫌いな国原が、どうしてだかあのとき空の手を握ってくれた。

そう思うと……

空の胸が、きゅんと切なくなった。

国原の手。

「どうなさいました」

芝生の上で立ち止まっている空を、先に屋敷に向かって歩き始めていた国原が振り向く。

空は、首から耳のあたりまで、かっと熱くなるのを覚えた。

どうしよう。

国原の顔が、まともに見られない。

国原の視線が、国原の声が、空の鼓動を速める。

自分はどうしてしまったんだろう。

「あ、あの」

声が、震える。

このままだと、国原に変だと思われる。

「雲を、囲いに入れてから……行きます。雲、来い」

そう言って返事も聞かずに、空は温室のほうへと駆け出した。

雲がそのあとを、とことこと追いかける。

空はそのまま、温室に逃げ込んだ。

火照《ほて》った頬を両手で押さえる。

そのまま、空はその場にしゃがみ込んだ。

自分の心臓の音がものすごく近く、大きく、速く聞こえる。

なんとか落ち着こうと深呼吸したが、国原の顔を思い浮かべた瞬間、また鼓動が走り出す。

「……おや、こんなところに羊が」

背後で声が聞こえ、空はびくりとして跳ねるように立ち上がった。

庭師の老人が温室の外から入ってきて、その前には雲がいる。

雲の囲いは温室の隣で……温室の中には雲が食べてしまいそうなおいしそうな植物がたくさんあるから、気をつけなければならなかったのに。

「あ、すみませっ……雲、だめだってばよ」

リーフレタスを食べかけていた雲の背中を慌てて押さえ、囲いに連れていって入れる。

「これが食べたかったなら、少しやろうかね」

老人がそう言って、囲いの中にリーフレタスを投げ入れてくれ、雲は嬉しそうにばりばりと音を立てて食べ始めた。

「ありがとう、ございます……気をつけねばならながったのに」

「いやいや、ここにあるものが全部食卓に載るわけではないから、よかったらこの羊が好きそうなものを時々やっておくよ」

老人はそう言って、空の顔をまじまじと見た。

「空坊ちゃん……だったかな。具合はよくなったと聞いたが、まだ少し、熱でもあるのかな？」

空はぱっと両頬を押さえた。

火照りはまだ静まっていない。

老人の眉が少し上がり、空の顔を覗き込む。

「具合が悪いのかい？　誰か呼ぼうか？」

「そ、そうではないのす」

空は首を振った。

老人が、屋敷の他の使用人のように敬語を使わないことにつられてか、空の言葉も空にとっての「普通」になってしまう。

「おら、なんだか……変で」

「おやおや、身体の問題ではなさそうだ」

老人はにこっと笑い、空の背中を押して温室の中に戻り、片隅にあった小さな木の椅子に座らせる。

そこは老人の休憩場所のようで、木の椅子の他にキャンプで使うような折りたたみ式の椅子もあり、老人は自分用にそれを広げる。

「夕食前だが……これくらいなら影響はなかろう」

独り言のように呟《つぶや》いて、傍らの棚の上に置いてあったポットから、縁の欠けたカップにお茶を注いでくれる。

「ほら」

「あ、ありがどございます」

空は両手でカップを受け取った。

温室の中で飲むのにちょうどいい、ぬるめの番茶。

土と植物の匂いに包まれてこうしてお茶を飲んでいると、なんだか自分が東京の豪壮なお屋敷にいることを忘れてしまいそうだ。

ようやく気持ちが落ち着いてきて、空はほうっとため息をついた。

老人が自分用に茶渋のついた湯飲みにお茶を淹《い》れ、折りたたみ椅子に腰を下ろすと、空の顔をちょっと下から見上げるようになる。

「それで、何があったのかな。よかったら話してみないかな」

老人は穏やかに尋ねた。

「ここの暮らしが、空坊ちゃんには辛いかな」

「いいえ！」

空は驚いて首を振った。

辛くなどない。

最初は……ひとりぼっちで、誰もが自分を笑っているようで、自分がとてつもない不器用な田舎者に思えて、寂しく、悲しかった。

けれど今は……

毎日がとても楽しい。

裕弥と一緒に車で学校に往復するときは、やっぱりまだ居心地は悪い。

自分を拒否している相手と同じ空間にいることは、決して心地よくはない。

けれど、裕弥の言っていることが絶対ではないとわかり、裕弥も空と同じように、ただただこの屋敷で暮らすことだけを求められている状態は不安定なのだと、裕弥の気持ちを思いやる余裕も生まれてきている。

学校でも、クラス全員が裕弥の取り巻きではないとわかってきて、空が勉強を頑張っていれば、授業の内容や課題についての話を糸口に、ぽつぽつ会話をする相手も出てきた。

それにはもちろん、言葉について自信が出てきたことが大きい。

最初は「僕」と言っただけで笑われたけれど、何がなんでも使っていれば、相手も慣れてくる。まだまだ空の言葉には東京の言葉と違う部分がたくさんあるけれど、裕弥の取り巻きを除けば、あからさまな悪意で笑う相手はいない。

それもすべて……国原のおかげだ。

国原が空に言葉のレッスンをしてくれ、自信を与えてくれた。

国原がこの屋敷での空のあり方を教えてくれ、不安を取り去ってくれた。

国原が、雲を連れてきてくれた。

そして、国原が使用人との会話について、空自身の考えの背中を押してくれたから、今こうして庭師の老人ともびくびくせずに話せる。

すべては……国原のおかげ。

それなのに。

「ある人の……目を、見られないのです」

ぽつんと、空は言った。

老人が優しい無言の視線で先を促す。

「急に……その人の前だと、普通にできないのだす。変だと思われそうで……怖いのす」

「ほう」

老人はちょっと首を傾げる。

「空坊ちゃんは、その人が嫌いなのかね？」

「とんでもない！」

空はぶんぶんと首を横に振った。

「嫌いなんかでは、全然……すごくお世話になってで、すごく親切にしてもらって、いろんなことを教えてくれで……」

「では、好きなんだな」

確認するような老人の言葉に、こくんと頷く。

それは最初からそうだった。

空を田舎の家からここに連れてくる車の中での、国原の態度や言葉が好ましかった。

空にとっては、伯父伯母や雲に次ぐ「好き」な存在だった。

けれど。

「なんだが、変なのだす。その人の……いろんなことを思い浮かべるど……顔が赤くなったり、心臓がどきどきしたりしで……嫌いじゃないのに、逃げ出したぐなったり……」

老人が目を丸くした。

「なるほど。逃げ出したいのに、傍《そば》にいたい？　気がつくとその人を目で追っている？　夜眠る前など、その人のことを考えている？」

「そう、そうなんです！」

「それで空坊ちゃんは、普通にしていたいのに、顔が赤くなったり心臓がどきどきしたりするので、変に思われるのが怖いんだね？」

「はい！」

勢い込んで空が答えると……

老人はいきなり、笑い出した。

「はっはっは、それは困っただろう」

どうして笑われるのだろうと空が戸惑っていると、老人は目を細めて空を見た。

「年寄りの智恵で断言すると……それは、恋だな」

恋!?

空は、顔が爆発したように感じた。

慌てて、両手で頬を押さえる。

恋。まさか。

空にとっては、縁遠い言葉だった。

小学校の頃には「誰それが誰それを好き」なんて話はよくあったし、中学高校になると、田舎の学校でも、誰かと誰かが「付き合っている」なんて話もある。

しかし空が仲良くしていた友達のグループは、「女なんてめんどくさい」とか『男同士で遊んでるほうが楽しい」という感じだった。

空も、ぼんやりと「隣になったら嬉しい」くらいの相手はいたけれど、そこから「その子と二人で遊びたい、どこかに行きたい」に発展したことなどない。

そもそも空は通学時間も長いし、放課後は真っ直ぐ帰って牛を集めなくてはいけないしで、友達とも学校の外で遊ぶことはそれほどなかった。

漠然とした「好き」ですらそんな感じで、ましてや「恋」などという言葉は本やテレビや映画の中にあるもので、自分に関わりを持ってくるようなものだとは思っていなかったのだ。

しかし……

恋、と言われてみれば。

どういうわけか、納得がいく。

国原のことばかり考えて、国原の声や視線を追いたくて、でも恥ずかしくて、そして国原の手がこんなにも恋しい。

そう、恋しい……恋なのだ。

でも国原は男なのに、と一瞬思ったけれど……国原自身が「同性愛者」と名乗ったことを即座に思い出す。

世の中にはそういう人もいる。

だったら自分が同性を好きになってもおかしくないのではないか。

「思い当たったらしいな」

老人はにこにこ笑った。

「で、見込みはありそうなのかね？」

「見込み？」

「相手も、空坊ちゃんのことを好きかどうか……恋をすれば、気になるのはそれだろう」

相手が……国原が。

まさか！

空は首がちぎれるかと思うほど、ぶんぶんと横に振った。

「まさか！　そんなんでは、ねいです！」

国原が同性愛者で空が男だからといって、まさか自分が国原の「恋」の対象になるなどとは想像もつかない。

それは……もし国原が、空を好きになってくれたら……どんなにか嬉しいだろうけれど。

あの、大人で落ち着いて穏やかで謹厳なあの人は、そもそも恋をするのだろうか。

同性愛者と言うからには、過去に同性を好きになったことがあるのだろうけれど、それはきっと、国原にふさわしい、大人の男性という気がする。

いや、もしかして今も……そういう誰かがいるのかも。

特定の恋人はいないと言っていたような気がするけれど、それはあのときそう言っただけかもしれないし……あれからできたかもしれない。

そう考えると、空の胸がぎゅっと引き絞られるように痛くなった。

「く……」

国原さん、と言いそうになって慌てて飲み込む。

「あの人は、おらなんか……きっと誰か、他にいるのす」

そう言葉に出した瞬間、じわりと視界が曇った。

国原は……恋人になら触れるのだろうか。触れられるのだろうか。

自分ではない誰かになら、あの手でもっと優しく、もっとたくさん触れるのだろうか。

そう思うと……

ぽた、と涙が膝の上に落ちる。

やっぱりおかしい。

恋というのは、こんなに自分を変にしてしまうものなのか。

「泣けばいいよ」

老人は目を細めて優しく言った。

「もし空坊ちゃんが見込みがないと思うのなら、それは『片思い』ってやつになる。それはそれで美しい感情だ。大事に育ててみるといいよ……ほら、こういう野菜を育ててるみたいにな」

老人はそう言って、優しい目で周囲の野菜を見回した。

老人が手をかけて育てた野菜は、食卓で空を幸せにしてくれる。雲も幸せにしてもらっている。だとしたら、空の「片思い」も、大事に育てたら、巡り巡っていつか誰かを幸せにできるのだろうか。

想いを育てる、というのがどういう意味なのか、見当もつかないけれど。

「おら……どうしたらいいんでしょう」

縋《すが》るように老人を見ると、

「自分の気持ちは否定しない……けれど、相手の負担になるようなことはしない、それが片思いの極意かな」

そう言って、空の肩をぽんぽんと叩く。

その優しさが空には嬉しくて、しかし心のどこかで「国原の手とは違う」と思い……やはり自分は国原を特別な想いで好きなのだ、と改めて感じていた。

「今日は、外に買い物に行ってみませんか」

数日後の休日、国原にそう言われて空は目を丸くした。

「買い物……ですか」

「ええ、空さんはこちらに来てから、学校とお屋敷の往復だけだったでしょう。その通学も車ですし。少しは人混みに出てみるのもいいかと思いまして、当主から買い物の許可を貰いましたから、何か欲しいものがあれば」

国原はいつもどおり、丁寧で穏やかな口調だ。

しかし……以前よりも視線が柔らかく優しくなり、空が何か楽しめるようにとあれこれ気を配ってくれている……と思うのは、空の思い込みだろうか。

国原への恋を自覚して以来、空は国原に気取られないようにしようと思いつつ、顔が赤くなるのはもうどうしようもないと開き直った。

そして国原が仕事上とはいえ空だけに向けてくれる言葉や行動のひとつひとつを、まるで新鮮な酸素か甘い花の香りでも吸い込むように、全身で味わっている。

空が感じている国原の優しさも、空の感じ方が変わったことで、より強く感じるのかもしれない。

しかし、今日の国原の提案にはちょっと戸惑った。

「僕……東京はよくわからなくて……なんだか怖くて」

テレビなどで観る「東京」は、空にとっては別世界だ。

複雑な路線図、次から次へと来る列車に、どうやって切符を買ってどうやって自分が乗るべき電車を見つけて乗ればいいのか。

学校の全校集会よりもまだ密度が高そうな人混みの中を、どうやって歩けばいいのか。

考えただけでくらくらする。

すると……

「大丈夫ですよ、私が一緒ですから」

空の不安を読み取ってやわらげるかのように、国原が唇の端を少し上げて微笑む。

こういう微笑みも……最近よく見るような気がする。

それとも空が最近になってよく気付くようになっただけなのか。

もしかするとそれだけ……しげしげと国原をみつめてしまっているのだろうか。

そんなことを考えただけで、頬が熱くなる。

空は慌てて頷いた。

「国原さんが一緒なら、行ってみたいです」

「ではそうしましょう。裕弥さんたちは、今日は実家に帰るようですから」

空と違い、実家が都内にある裕弥は週末に時折帰っているのは、空も知っている。

羨ましいと思わないではないけれど……それは裕弥と空の境遇の違いで、羨んでもどうしようもないことだ。

昼前に、二人は連れだって屋敷を出た。

最寄りの駅までは屋敷の運転手に送ってもらい、それから電車に乗る。

空が何かで見たことはあったけれど手に取るのははじめての、プラスチックのカードを渡され、改札の通り方を教わる。

空はなんとか改札を通り、国原と一緒に二階のホームに上がった。

いつもスーツを着ている国原が、今日はノーネクタイの、衿《えり》にデザインのある少しカジュアルなシャツにジャケット姿で、それだけで空はどきどきする。少し、謹厳な近寄りがたさのようなものが減って、親しみやすい雰囲気。

それでも、長身と整った顔立ちは、周囲を行き交う誰と比べても見栄えがする。

空のほうは、クローゼットにある中からシャツとパーカー、それに斜めに背負うボディバッグという格好を前沢が用意してくれた。

電車が来て、乗り込む。

次第に人が乗ってきて混み出すと、国原がさりげなく空の背中に腕を回して引き寄せる。

軽く抱き寄せられるような姿勢に空は全身がかっと熱くなる。

乗り降りする人を上手によけられない空を、親が子どもを守るように守ってくれているのだと、わかってはいるけれど。

「……大丈夫ですか。次で乗り換えですから」

頭の上から響く国原の声が、耳元の空気を揺らしたような気がしてぞくんとする。

鼓動を、身体の熱を、気付かれないかとどきどきしつつ、このままずっと、この姿勢でいたいような気もして……

しかしやがて、電車は目的の駅に着く。

それから電車を降りて乗り換え、次に地下鉄に乗り、降りて地上に出ると……

そこには、テレビで観た巨大な複合施設がそびえ立っていた。

「この中を少し見てから、食事をしましょう。何か欲しいものや気になったものがあったら言ってください」

国原はそう言うけれど、空はもうまるで電車と人混みに酔ったようになって、ずらりと連なる店を見渡すだけでくらくらする。

欲しいものと言っても見当もつかない。

手前にあった紳士服の店の、頭のない変わったマネキンが着ているピンクのスーツに驚いて値段が書かれたカードを見、その桁《けた》にまた驚く。

「あの、ここのお店は、全部とても高いのじゃないですか」

不安になって国原に尋ねると、国原は頷いた。

「全体に価格設定は高めかもしれませんが……空さんは、今日は値札を気にせずに欲しいものをおっしゃってみてください」

仙谷家の跡取りになれば……そういうことも日常になるから?

びくつきながらも、これもある意味、当主が与えた課題のようなものなのかもしれないと思う。

それでも……

国原が丁寧に、たとえばフォーマルの店でどういうシーンで着るものなのかを教えてくれたり、若者向けの人気のデザイナーの店を中心に回ってくれたりしている間に、ようやく目や頭がこの空間に慣れてきた。

服だけではなく、ホビー関係やステーショナリー雑貨などは空が見ても面白く、植物の形をした何種類かのボールペンは、迷ったあげくに二本買う決意をする。

「そろそろ昼食にしましょうか」と、国原は敢えてカジュアルな、ベーカリーのイートインを選んでくれた。

マナーを気にするような店でなかったことに、空はほっとする。

「国原さんは……」

席に着くと空は、買い物をしながら気になっていたことを、口に出してみた。

「こういうところで、いつも買い物をする……んですか?」

「いえ」

国原は苦笑して首を横に振る。

「私はスーツが主ですから……今着ているような普段着も、スーツを買っている店で扱っているカジュアルで、適当なものですよ」

「でも、いろいろ詳しいから……学生のときとかはこういう店で買った……んですか?」

すると国原は、わずかに視線を伏せた。

「……私は、苦学生でしたからね」

「苦学生……?」

「親が早くに亡くなって、学費は自分でなんとかしなくてはいけなかったので」

さらりと言われた言葉に、空ははっとした。

「ご、ごめんなさい……」

国原のプライベートに立ち入るつもりはなかったことを謝ると、国原は首を振る。

「いえ、今の世の中では珍しいことではありませんから」

「あ……でも」

空は、はっとした。

自分だって……そうだ。

「僕と国原さんは、おんなじ……同じような、境遇なんですね」

空としては、国原との共通点が見つかったようで嬉しかった、のだが。

「……いえ」

国原の瞳が、ふと、暗くなる。

「私には残念ながら、空さんの伯父さま伯母さまのような優しい親戚がいませんでしたからね」

空は息を呑《の》んだ。

短い言葉の中に……国原の過去がわずかに透けて見える。

空自身は、伯父伯母の愛情に包まれて、育った。

けれど国原にはそういう庇護者がおらず……もしかして、辛い過去を背負っているのではないだろうか。

安易に「共通点」などと思った自分が恥ずかしくなる。

しかし国原は、すぐに口調を変えた。

「ああ、すみません、空さんにお聞かせするような話ではないのですよ」

本当は空は、国原の話を聞きたい。国原のことを知りたい。

けれど……立ち入ってはいけないことだ。

「さて、食事のあとはどうしましょうか。戻ってみたいお店はありますか」

国原の問いに、空は慌てて、巡った店を思い出した。

「服は、やっぱり、よくわからない……です」

「二階の、小物の店で立ち止まっていらしたのは？」

「あれは……」

空は、優しい色合いのスカーフが虹色のグラデーションに並べられていたウィンドウを思い出した。

「伯母さんに似合うような気がして、見ていただけで……」

「それでは、伯母さまにお送りしては？」

「いいのですか!?」

空は勢い込んで尋ねた。

あちこち見ながら、伯母はこういうものは身につけるだろうか、伯父はこんなものを使ってみないだろうか、などと考えていたが……自分のお金ではないので、高価なものをプレゼントできるなどとは思ってもいなかったのだ。

「今日の買い物は、空さんが欲しいものを買うのがテーマですから」

国原は微笑んだ。

「伯父さま伯母さまにお送りするものを買いたいのならぜひそうしましょう」

「はい！」

空は嬉しくなって思い切り頷いた。

食事が終わると国原がさりげなくトイレの位置を教えてくれる。

少し混んでいたトイレで用をすませてふと鏡を見ると、そこには、空ではないような空が映っていた。

品があり質のいいカジュアルを着た、目の大きな一人の少年。

小麦色だった肌は少し薄くなり、茶色がかった巻き毛は、この都会の色彩の洪水の中に馴染んでいる。

そして……その頬は、ばら色の幸福感に輝いている。

今日は、とても嬉しくて楽しい日だ。

国原と二人で、買い物をして食事をして……まるでデートみたいに。

そう思ってしまって、空の頬がかっと赤くなる。

慌てて俯きながらトイレを出て、国原が待つベーカリーのイートインに戻ると……

こちらに背を向けて座る国原に近寄って声をかける、一人の男の横顔が見えた。

二十代半ばの青年。

細身の革のパンツと身体にぴったり合った白いジャケットを着こなしている、驚くような金髪の男。

「こんなところで会うとは思わなかった」

「ユキ、お前こんなところで何をしている」

国原の、眉を寄せた迷惑そうな顔……そして、その口調。

空は思わず少し離れたところに立ち止まった。

「何って、俺、この上のセレクトショップで働いてるんだもん」

ユキ、と呼ばれた青年はにっこりと国原に笑いかける。

「俺に、昼間の社会生活があるなんて、国原さん全然考えてなかったでしょう。国原さんこそ、最近ちっとも顔を見せないと思ったら、こんなところで美少年と休日デートって、どういうこと？　俺、聞いてないんだけど」

空の心臓が、ばくんばくんと音を立てている。

「お前には関係ないだろう」

「ひどいなその言いぐさ。俺とあなたは他人じゃないのにさあ」

「黙れ。もう行ってくれ」

「ああ、はいはいわかりました、じゃあごゆっくり〜」

国原の不機嫌そうな声を青年はにっこり笑って受け流し、国原の傍を離れる。

こちらに向かって来たらどうしよう、と空が固まっていると、青年は空がいるのとは反対方向にある店の出口に向かっていった。

どうしよう。

空は、足ががくがくしてくるのを感じた。

今のは……誰だろう。

国原ととても親しげな。

そして国原の、空が聞いたこともない、不機嫌でぞんざいな口調は……むしろ、あの青年との親しさ、距離の近さを感じさせる。

他人じゃない。

最近ちっとも顔を見せない。

その言葉が意味することは、なんだろう。

頭ががんがんする。

と、誰かが空の背後を通ろうとしてぶつかった。

「あ、すみません」

我に返り、空は深呼吸した。

とにかく……聞かなかったことにしよう。今はそれしかない。

ゆっくりと足を踏み出し、席に戻る。

「お待たせしました」

声が少し、喉に引っかかったような気がするけれど……震えてはいないだろうか？

国原は空を見上げ、ふと眉を寄せた。

「どうしました？　顔色が悪いようですが」

「え、あの」

ついさっき鏡で見たばら色の頬は、今、どうなっているのだろう。

「なんだかちょっと、具合が」

「大変だ、人混みに酔ったのかな」

国原は立ち上がり、空を座らせようとした。

「大丈夫です」

空は必死で言った。

このままここで……国原と向かい合って座っていたら、泣いてしまいそうだ。

「本当に？　無理はなさらないでください」

「大丈夫です」

言い募る空に、国原は眉を寄せてちょっと考え……

「では、伯父さま伯母さまへのプレゼントだけ急いで買って、帰りましょう」

空も、それだけは買わなくてはと思う。

そして、早めに買い物を切り上げるのなら、助かる。

空はこくんと、頷いた。


屋敷に戻ると、空は自分の部屋に駆け込んだ。

なんとか伯父伯母へのプレゼントを選び、そしてまた地下鉄に乗り、乗り換え……

国原が、空が身体の具合が悪いのだと思って気遣ってくれるのが、申し訳ない思いで。

それでも、屋敷に帰り着くまで、不審は抱かせなかった……と思う。

部屋に入って絨毯の上にへたり込むと、空はほうっと震える息を吐いた。

ショックを受けている。

それはわかる。

でもいったい、何がどうしてこんなにショックなのか。

あの、金髪のユキという青年。

彼が見せた国原との距離感に……

さすがに奥手の空にも、はっとするものがあったからだ。

普通の、友人関係などではない何か。

あの人は、国原の恋人なのではないだろうか。

空に対しては、仕事としての敬語を崩さない国原の、あのぞんざいとも思える口調に、あの青年はいかにも慣れているようで、笑って受け流していた。

空の声が出なくなって以来、国原はこの屋敷に泊まり込んでいる。

それで、恋人に会いに行く時間がなくなって……責められたのかもしれない。

だとしたら、それは空のせいだ。

そして……

あの人が恋人だとすれば。

国原は、彼には触れるのだろうか。

そして、触れさせられるのだろうか。

空にするように、優しく……いや、空に対しては、どこか触れることを躊躇っているのが、空にもわかる。

けれど、あの人には……もっと優しく、躊躇いなく触れるのだろう。

空の胸が、ぎりっと痛んだ。

自分が知らない国原の顔、自分が知らない国原の声、自分が知らない……国原のすべてを知っているのかもしれない人。

自分の「片思い」に「見込みがある」などとは思っていなかったけれど、空といるときの国原は、空だけを見て、空に優しく気を配ってくれた。

けれどそれはやっぱり「仕事」の顔で……

むしろ空は、恋人に会いに行くのを邪魔する存在でしかないのだとすると、国原やあのユキという青年に申し訳ない気持ちで、自分が情けなくもなる。

けれど、何より苦しいのは……

彼を、羨ましいと思うからだ。

彼が知っている国原を、自分も知りたいからだ。

けれどそれは、絶対に手の届かないところにある。

あの人が恋人だとしたら。

大人の恋人同士がどんなことをするのか、空だってなんとなく知っている。

寄り添って。手を繋いで。

そして……キスをして。

そして、男同士だとしても、それ以上の親密な触れ合いがあるのだと、想像はつく。

その瞬間、空にはわかった。

空は、国原に抱き締められ、キスされたいのだ。

たった一人の特別な相手として、他の誰ともしないようなことを……国原にされたいのだ。

自分の中に、そんな欲望があって——

そして、それは絶対に叶わない。

そう思った瞬間、何か重い塊が、空の胸をずっしりと塞いだ。

ぽろ、と……涙が頬に零れ。

そして、あとからあとから溢れてくる。

「……っ……うっうっ……っ」

食いしばった歯の間から、嗚咽《おえつ》が漏れた。

両手で抱えた膝の上に顔を伏せて、我慢できずに空は泣き出していた。

こんなふうに泣くなんて……

男なのに。

もっと強くなくちゃいけないのに。

国原のことを思うと、どうしてこんなに弱くなってしまうのだろう。

そう思いながらも、涙と一緒にこの想いを全部流し去ってしまいたくて、泣き続けていると

……


「空さん？」

ドアの外から、国原の声がして、空ははっと顔を上げた。

慌てて涙を拭こうとするが、止まらない。

「空さん、どうしました？　空さん……入りますよ」

返事がないのに焦ったのか、国原がドアを開けた。

床からなんとか立ち上がろうとした空と、目が合う。

「空さん！」

国原が驚いた顔で、空に駆け寄り絨毯に膝を突いた。

「どうしました！」

「な、なんでも……」

「なんでもないはずが、ないでしょう」

国原が、空の両肩に手を置いた。

間近で、空の顔を覗き込む。

「空さん」

その瞬間——

無理だ、と空は思った。

隠せない。

隠せっこない。

「国原さんが……好き……！」

零れ出た言葉に、国原がはっとして少し身体を引いたが、もう止められない。

「国原さんに恋人がいても……邪魔する気、なんかないがら……ただ、おら、あの人に申しわげねぐって……！」

感情のままに本音を言うには、やはりこの言葉になってしまうと気付く。

「迷惑をかげる気は、ないのす……！　ただ、どうしても好きで……っ」

こんなことを言ってしまって、国原に嫌われるかもしれない。

もう国原は、空のことから手を引いてしまうかもしれない。

そう思うと、また涙が溢れてくる。

「……空さん」

驚きを抑えた声音で国原が言って……

片手の指を握り、迷うように人差し指を立て、そっと……空の頬の涙を拭《ぬぐ》った。

その、優しい指の感触に、空の全身がぞくりと震える。

「だめなのす」

しかし空は、残っていた理性を総動員して首を振り、その指から逃れた。

「国原さんが触っていいのは……触りたいのは、あの人だけなんだしょ……？」

「待ってください」

国原が戸惑ったように眉を寄せた。

「なんのことです？　私に恋人がいるとか……あの人というのは」

「今日……昼間……ユキって呼んでだ、金髪の……」

国原がさっと蒼《あお》ざめた。

「見ていた……聞いていたのですか！」

「ごめんなさい、盗み聞きなんがして……」

「いえ、そうではないのです」

国原は首を振った。

「あんな場所です、傍にいたなら聞こえて当然です。ただ……違うのです。彼は、私の……恋人などではないのです」

空は驚いて、ひとつしゃっくりをした。

「違う……？」

「恋人ではありませんが……」

国原は、そっと空の肩から手を放した。

苦悩の表情で、顔をわずかに背ける。

「私は、空さんにそのように言っていただける人間ではないのです。私は汚れた人間です。あの、彼……ユキは、私の」

　蒼い顔でぎゅっと唇を噛んでから、決意したように言葉を押し出す。

「遊びの、身体だけの関係を持ったことがある……相手です」

　空は、がんと後頭部を殴られたような気がした。

　それは……

　遊びの身体だけの関係、という言葉の生々しさよりも……

　恋人ではない……と言っても、やはり国原とユキは空には理解できない親しい関係なのだ、というショックだったのかもしれない。

「私を軽蔑なさっても、仕方ありません」

　国原は固い表情で言った。

「しかし、私はそういう人間なのです。誰とも、心を通わせる関係になることができない。感情は切り離して、ただただ己の欲望を満たすために、好きでもない相手とそういう関係を結ぶことができる、そんな人間なのですよ」

　その言葉の裏に、苦渋が透ける。

　国原は、そんな自分に満足も納得もしていないのだと、空にはわかる。

「それは……国原さんが、誰も好きにはなれない、ってことなのすか」

「そうなのでしょうね」

　国原は淡々と答えた。

「それを、生い立ちのせいにするつもりはありませんが……親戚の家を転々とした子ども時代、誰も私に家族としての愛情はくれませんでした。もっともそれは、私が負けず嫌いの、可愛げのない子どもであったからかもしれませんが。どこの家でも迷惑がられているうちに、最初から、新しい家に何も期待しなくなりました」

ふうっと、辛そうなため息をつく。

「家を変わるたびに、当然学校も変わる。交わした友情も、簡単に断ち切られる。だから、次第にどこに行っても、新たな友情も期待しなくなる……そんなことをしているうちに、人間らしい感情をどこかに置いてきてしまったのかもしれません」

空の胸が、国原の痛みを感じ取ってきりりと痛んだ。

置いてきてしまったのではなくて……押し殺したのだ。

期待しては裏切られることの繰り返しで、期待することをやめたのだ。

「両親を早くに亡くした」ということが、自分と国原の共通点だと思ったことが恥ずかしい。

空は伯父伯母に、愛情いっぱいに育てられた。

実の両親がいないことなど、なんのハンデにもならなかった。

亡き両親への思慕と、伯父伯母への愛情が、空の中にちゃんと両立していた。

けれど国原は……

言葉を失って国原をみつめると、国原は切なげに微笑む。

「つまり、そういうことなのですよ。私は、生い立ちに負けた、小さな人間です。あなたに想ってもらえるような人間ではない」

「ちがっ……」

空は、必死で言葉を探した。

「それでもっ……おらが知ってる国原さんは……おらには優しくて……おらのことを、本当に心配して、いろいろ考えてくれて……おら、国原さんがいねがったら……っ」

それが「仕事用の顔」だったとしても。

空はそれを嬉しいと感じた。

だったらその、国原の優しさは、空にとっては間違いなく本物だ。

たとえば。

ひとつすすり上げてから、空は尋ねた。

「触ったり、触られたりするのが嫌いなのは……?」

「ああ……」

国原は自嘲気味の笑いを唇の端に浮かべる。

「触れる、ということに……なんらかの感情が伴うことを、いつの間にか嫌うようになっていたのです。おそらく……触れることそのものより、伴っている感情のほうを、恐れ、拒絶したかったのだと思います。同性愛者であることと、触れられるのが嫌いであることを表明しておけば、あえて踏み込んでくる人間はいない。それを楽だと感じていたのですね」

「でも」

空は、国原をみつめた。

「おらの声が出なぐなった日……おらの手を、握ってくれたのは……」

国原は驚いたように空を見る。

「あれが……私の手だと、おわかりだったのですか」

「わかっだのは、あどからです。でも」

空は、あの手の感触を記憶している自分の手を握りしめた。

「あの手が、おらには本当に嬉しがったのす」

「……どうしてでしょうね」

国原は迷いながら言葉を探した。

「あのとき、あなたの手は、何かを探していた。探して、見つからなかった。もしかしたら、雲だったのでしょうか。それで私は思わず、あなたの手を握ったのです」

だとしたら、あれは本当に本当の、国原の優しさだ。

「おらは……あのあとも、国原さんが……おらにちょっとでも触ってくれることが、なんだか本当に嬉しがったのす。仕事で、おらを安心させるために仕方なくなのかもしれないと思っても、それでも嬉しかったのす……！」

「そうではありません！」

国原の口調が強くなる。

「仕事で仕方なくなどではなく……」

空をみつめる目が、ふと切なげに細くなる。

「自分でも不思議でした。あなたに触れたくなるこの気持ちが。あなたが、雲のことを……必要としてくれる存在だから愛おしいと言った、それに似た感情なのかもしれないとも思い……」

愛おしい。

空の胸に、その言葉がずしんと響く。

空が雲を好きなように。

少なくとも国原は、空に対してそんな気持ちを持ってくれたのだろうか。

それは……じゅうぶんに人間的な感情ではないのだろうか。

「けれど」

国原は、思い切ったように言葉を続ける。

「あなたは……羊ではなく人間だ。私の裏の顔も知らずに、ただただ私を信じ、慕ってくれる……そんなあなたに、こんな私が、これ以上の感情を持つ資格があるのかどうか。あなたの傍にいて、あなたを守りたいというこの気持ちが……日に日に、それ以上の何かに育っていくことが、許されるのかどうか……」

それ以上の気持ち。

その言葉に——声音に——何かを恐れるような視線に——

空は、言葉以上の何かを感じて、たまらなくなった。

国原は、恐れているのだ。

自分にその資格があるかどうかを疑って。

空はただただ、その感情を……国原が自分に対して抱いてくれた人間的な感情が、胸が詰まるほど嬉しくてたまらないのに。

「国原さんは……おらが、好き?」

「ええ」

国原の答えは、短くきっぱりしていた。

「あなたの存在が与えてくれる優しさや柔らかさが。あなたが私を呼ぶ声が。私の中に、忘れていたさまざまな想いを呼び起こしてくれる、あなたの存在が……愛おしくてたまらない」

「だったら……」

空の声が、震えた。

「おらは、国原さんに触っても、いい……?」

驚いたように目を見開き、空をみつめる視線の中には、恐れはあるが拒否はない。

空は、そっと手を伸ばして国原の頬に触れた。

その瞬間……

二人の間に、電流のような痺れが走り。

国原の手が、空を抱き寄せた。

頬と頬がぴったりと重なる。

国原の広い胸に抱き寄せられ、空の全身が甘く疼《うず》く。

この人に、こうされたかった。

この強い腕に、こんなふうにきつく抱かれたかった。

「空さん……」

国原の囁《ささや》きに、熱が加わる。

空が思わず震えて身じろぎし……頬と頬が辷《すべ》って。

唇が、重なった。

最初はおずおずと……そして、互いに確信を得て……優しく、しかし強く、押しつけられる。

空の手がぎこちなく、国原の背中に回った。

そのとき。

「ちょっと、国原さ――」

声とともに、部屋の扉が勢いよく開いた。

はっとして顔を離したものの、絨毯の上で膝を突いた抱き合ったままの二人と、扉を開けた裕弥の目が合う。

裕弥は目をまん丸にし……

「なんだよこれ！　何してるわけ!?」

そう叫んだ後ろから、波賀も驚きを浮かべて二人を見ている。

国原が素早く立ち上がり、空を背後に庇《かば》った。

「ノックもなさらないとは、たいした礼儀ですね」

動揺を抑えた国原の口調には、皮肉すら籠もっている。

「あなたに礼儀を言われたくないですね」

なんとか落ち着きを取り戻したらしい波賀が、口を開いた。

「これは、裕弥さんのお父さまを通じてでも、当主さまに報告させていただきますよ。さあ、裕弥さん」

驚いた顔のままの裕弥を促して、扉を外から閉める。

呆然《ぼうぜん》としていた空は、ようやく我に返った。

「国原さ……」

「空さん」

国原が空の両腕を摑んだ。

「これは私が強引にしたことだ。あなたにはなんの罪もない。私があなたに、強引に迫ったのだと……そう主張するんだ。いいね」

「そんなこと、できねっ……」

「しなくてはならない。そうすれば、私はあなたを守れる、どんなことをしてでも」

国原は、蒼ざめた顔で、怖いくらいに真剣にそう言って……

空の返事を待たずに、素早く部屋から出ていく。

取り残された空は、ぺたんとまた絨毯の上にへたり込んだ。

裕弥と波賀に、見られた。

空と国原が……キス、をしているところを。

一瞬前までの陶酔が、あとかたもなく砕け散る。

当主に報告がいったら、どうなるのだろう？

これは、それほどいけないことなんだろうか？

空が国原を好きで。

国原もその想いに応えてくれて。

唇を重ねた。

それが……そんなにいけないことなんだろうか？

国原の蒼い顔は、何か「最悪の事態」を語っていた。

それは……どういう事態だろう。

空に、跡取りの資格がなくなるということだろうか。

国原が初対面であれほど堂々と明かした「同性愛者」というのは、実はそれほど「悪い」ことなのだろうか。

だとしても……空は、構わないと思う。

まだよく実感の湧かない「仙谷家次期当主」の座が手に入らないとしても。

国原さえいれば。

しかし……

もうひとつの可能性に思い当たり、空ははっとした。

国原にとって、これはどういう事態なのだろう。

国原が……たとえば、仙谷家の顧問弁護士という地位を失うかもしれないとしたら。

空には国原の仕事のことはよくわからないが、それでも「ひとつの職を失う」ということが、大変な事態であることくらいはわかる。

だとしたら……

国原のために、「否定」しなくてはいけないんだろうか。

でもそれなら、国原が強引に迫ったなどという言い訳はむしろだめだ。

自分こそが、国原を守らなくては……！

空は自分の中に、何か確固としたよりどころがあるのを感じた。

国原のために何ができるか。

空の中に、不思議な強さが生まれていて……それは、国原への想いから来ているものだと、それだけは空にも自覚できた。


「入りなさい」

ノックに応えて、重々しい声が聞こえる。

国原が、ひとつ深呼吸してドアレバーに手をかけ、ゆっくりと押し開けた。

部屋に足を踏み入れる国原のあとから、空も緊張して続く。

ここは……仙谷家の、別宅のひとつだ。

空がいる本宅よりも都心に近い、閑静な住宅街。

竹塀の内側に手入れされた竹林を抱え込んだ敷地の中に建つ、平屋建ての和風建築。

いかにも、お金持ちの老人が住んでいる……という佇《たたず》まいだ。

あれから二日。

あのあと、国原はただちに屋敷で与えられていた自分の部屋を引き払った。

当然、空へのレッスンもレクチャーも中止だ。

裕弥の興味津々の瞳。

根掘り葉掘り尋きたい気持ちを抑えているらしく、ただ波賀と意味ありげな視線だけを交わす。

そんな二人と食卓を囲むのはさすがに気が重いと思っていたら、向こうから「しばらく食事は別に」と申し入れがあり、空は声が出なかった間のように、自分の部屋で食べることになった。

運んでくれる前沢は事情を知っているのかいないのか、変わらず親切にしてくれる。

空は、自分が罪人のような気持ちになるのを堪《こら》えながら、事態が動くのを待っていた。

そして……長く長く感じた二日の後。

ついに、空は当主に呼びつけられたのだ。

当主はどんな人なのだろう。国原から聞いた限りでは、とてつもない権力と財力を持っているらしい。この別宅に引きこもって、決まった人間としか顔を合わせない。

裕弥を選び、比較対象として空を選んだ……もしかして、冷たく恐ろしい人なのだろうか。

それでも、怯《ひる》んじゃいけない。

そう、空は決意している。

車でこの屋敷まで連れてこられ、中に入ると、玄関脇の控えの間に国原がいた。

二人同時に……事情を聞かれるのか、責められるのか。

すぐに当主の部屋に呼ばれたので、会話を交わす隙は一瞬しかなかったけれど、国原は、

「わかっていますね、私が悪いのです」

と、有無を言わさない口調で言い……そして、屋敷の奥まった場所にある、当主の書斎の扉を叩いた。

一歩入ると……和風建築ではあるけれど、書斎は畳の上に絨毯を敷いて、洋風にしつらえられている。

中央に花模様が浮き出た布張りのソファセットがあり、その傍にどっしりとしたアンティークの書き物机。

その背後の天井まである本棚には、本や書類が詰め込まれている。

そして……

一人がけのソファに、一人の老人が座っていた。

和服を着た、恰幅《かっぷく》のいい、白い髭《ひげ》を生やした……

あれ？

どこかで見たことがある、と思った瞬間。

「まあ、座りなさい」

意外なほど穏やかな声で老人が言い……

空は、あっと声を上げた。

「おじいさん！」

「よく来たな、空坊ちゃん」

破顔したその老人は……庭師の老人だった！

「ご存じなのですか」

国原が戸惑ったように二人を見比べる。

「ああ、知り合いだよ。空坊ちゃんは和菓子は好きかな。食事はどれも残さずにきれいに食べてくれると屋敷の料理人が言っていたから、好き嫌いはないだろう」

その言葉と同時に、この屋敷の使用人らしい品のいい老女が入ってきて、盆の上のものをテーブルに並べてすぐに去る。

繊細な細工の見事な和菓子と、日本茶だ。

「とにかく座りなさい」

促されて、国原と空はまだ呆然としながらようやくソファに腰を下ろした。

「……しかし……どうして……」

国原はまだ訳がわからないといった顔で、それは空も同じだ。

「お屋敷の、庭師のおじいさんです。とても親切にしてもらいました」

「庭師!?」

国原はさらに混乱している。

むしろ空には、どうして国原が知らないのかが不思議で……しかしよく考えてみると、庭師の老人といるところに国原が来合わせたことは一度もないかもしれない。

「まあ、道楽だ。私が、年がら年中この辛気くさい書斎に閉じこもっているとでも思っていたのかね？　ここを使うのは、当主らしく誰かを呼びつけるときだけだ。今は、週の半分以上は庭師のじじいだよ」

楽しそうに当主は笑う。

「屋敷の人間は……知っているのですか」

「前沢以外は知らないはずだ。他の人間はただの通いの庭師だと思っているだろう。まあおかげで、当主としてなら見られない、いろいろなことが見られる。特に今は、裕弥と、この空坊ちゃんをよく知りたかったからな」

「……悪趣味ですね」

呆《あき》れたように国原がため息をつく。

「それで」

当主は、少し口調を変えた。

「何か、申し開きがあるんだろう？」

空と国原は、はっとして顔を見合わせた。

ここに呼ばれたそもそもの理由を忘れるところだった。

「あの」

空が口を開きかけるより早く、国原が深々と頭を下げる。

「申し訳ありません、私の不徳のいたすところです。今回のことは、空さんにはなんの責任もありません。お咎《とが》めになるなら私を」

「違います！」

慌てて空は叫んだ。

「国原さんが悪いのじゃ、ないのです。僕が、国原さんを好きなのです。それがもし、いけないことだとするなら、僕が悪いです！」

焦るあまりに言葉がめちゃくちゃな気がするが、今は意味が通じればいい。

「空さん、いけません」

「だって」

「まあ、落ち着きなさい」

当主が穏やかに二人を制す。

「私が聞いたのは、二人が部屋で、まあ一種の不埒《ふらち》な振る舞いに及んでいた……ということだ。波賀は、国原くんが私と直結できる立場を利用して、空坊ちゃんを次期当主に仕立てて実権を握ろうとする陰謀だと言っているようだが」

「……は？」

国原が一瞬言葉を失う。

「……そのような陰謀など……第一、私が御前に何か意見を申し上げるような立場ではないことは、御前が一番よくご存じのはずですが」

「まあ、きみの意見はいろいろと視点が違って面白いから参考にはなるが、一部のものがきみの影響力を過信しているのは確かだな」

当主はどこか面白そうに頷く。

国原は、当主を「御前」と呼ぶのだと、空ははじめて知った。

だとすると、自分も「おじいさん」というわけにはいかなさそうだ。

「あの、ご、ごぜん……」

「お前さんにそう呼ばれるのはくすぐったいな」

当主は笑った。

「おじいさんで構わんよ。だが今は、国原くんと話をさせてくれ」

言葉は穏やかだが、有無を言わせない威厳がある。

「で、陰謀でないとしたら」

当主は国原に向き直った。

「なおさら私にはわからんな。こういうことが、自分の立場を危うくするとわからない人間ではないだろう、きみは」

「はい」

国原は硬い表情で頷いた。

「承知しております。私が、自分の感情を制御できなかった結果です」

「きみに、制御できないような感情があったとはな」

当主も真面目な顔で、観察するように国原をじっとみつめる。

「覚えているか？　私がきみにこの……後継者問題を扱ってほしいと指名したとき、きみは、いやな顔ひとつせずに引き受けた。他の弁護士は、企業弁護士の本流からはずれるいわば余計な仕事だという感情を隠しきれずにいたのにな」

「はい。私にとっては、重要な仕事と思えましたから」

「そう、現当主である私に直結できるし、うまくいけば次期当主とも繋がりができる……将来的に仙谷グループの中枢に食い込みたいのなら、遠回りではあるがうってつけの仕事だと、きみははっきりそう言った。そして、公平な目で自分の仕事を見てほしいと」

「はい」

国原は硬い表情で頷く。

「確かにそう申し上げました。そして、私の生意気な言い分を受け入れてくださった御前のために、精一杯この仕事をやろうと……思いました」

「そういう野心を抱いていたはずの男が、制御できない一時の感情で、仕事を失うことも覚悟しているということなのか？」

空ははっと息を呑んだ。

「……覚悟をしていたとは言えませんが、結果的に仕方のないことだと思います」

「そんなの——」

思わず口を挟みかけた空を静かな視線で遮るようにして、当主は言葉を続ける。

「つまり、この仙谷家や、仙谷グループに関わる仕事は、きみの中で、私が思っていたほど重いものではなかったということかな」

「とんでもありません」

国原は激しく首を横に振った。

「この上なくやりがいのある仕事だと思っています。最初は確かに、将来的に大きな仕事に関わる可能性があると……いずれそれなりの地位や財産を得るためのステップと捉えていました。しかし、御前と直接仕事をさせていただくことが面白くなっていたのも確かです。御前は……私の野心を不快にお思いにならず、確かに公平に評価してくださるとわかりましたから」

「確かにな。そして私は、臆することなく私に直言してくるきみが面白かった。しかしその、やりがいがあって面白い仕事を……それでもきみは捨てるというのかね？」

「望んで捨てたいわけではありません」

国原は言葉を切り……そして思い切ったように言った。

「しかし、それで空さんの立場が守れるのなら……私は今はじめて、自分自身のためではなく、誰かのために在りたいと思うのです」

そう言って、空を見て……切なげに眉を寄せる。

「もし、私が立場を失い、仕事を失うのだとしても。守りたいと思う人をそれで守れるならば、私はそれを望みます」

「国原さ……っ」

空は我慢できずに声を震わせ、隣に座る国原の膝に両手を乗せた。

涙が溢れてくる。

「だめっ、です、そんな……のっ」

自分のために国原の人生を犠牲になどしてほしくない。

そんなのは間違っている。

「それくらいなら、僕が、田舎に帰りますから……国原さんを首になんてしないでください！」

「空さん！」

国原が空を止めようとしたが、空の言葉は止まらなくなった。

「僕が田舎に帰ることは、罰にもなんにもならないかも、しれない、けど……僕が、いなくなれば、国原さんが辞めなくてすむのなら、そうしてください……でも、でも」

言い募りながらも、空の中にわき上がるひとつの大きな疑問がある。

「おじいさん、これはそんなに悪いことなのですか！」

国原と空が、互いを好きなこと。

キスしていたこと。

それはそんなに悪いことなのだろうか？

男同士だから？

それとも……仙谷家の後継者候補と弁護士だから？

すると。

「悪いこと？」

当主はゆっくりと眉を上げた。

「別にそうは言っていないが」

「……え？」

空はぽかんとして瞬きし、思わず国原を見た。

国原も戸惑ったように瞬きをして、空を見……そして当主を見る。

「悪いことをしたから処罰してくれと、それは国原くんが勝手に言っていることだ。私はとりあえず、二人の言い分を聞きたいと言っただけだ」

それは……そうなのだが。

「私たちをからかっていらっしゃいますか」

国原の声が厳しくなった。

「私の決意を、空さんの涙を、あなたは面白がって遊んでいるのですか！」

「待ちなさい」

当主は穏やかに国原を制した。

「とにかく、もう一度話を整理してみよう。空坊ちゃん」

当主に視線を向けられて、空は緊張する。

「つまり空坊ちゃんはこの、仕事はできるし野心もまんまんだが人間味のかけらもない弁護士を好きなわけだな？」

「え……」

好きなのは事実だが、当主が描く人間像は空が感じているものとは違う。

「好き、です。でも……国原さんは、優しくて、大きな人です」

訂正せずにはいられない。

「ふむ、それが、空坊ちゃんに見えている国原くんの顔か」

当主は頷き、国原を見る。

「そしてきみは、このなんとも魅力的な話し方をする、他人をなごませる独特の雰囲気を持った空坊ちゃんのためなら、きみのモチベーションになっていたはずの将来をも捨てる覚悟、と。きみをそういう人間にしたのが空坊ちゃんなのだとしたら、空坊ちゃんはたいしたものだ」

当主が話をどこへ落とそうとしているのかわからず、空は思わず国原を見た。

国原も戸惑い気味に言葉を失っている。

どうやら……頭ごなしに咎《とが》められるわけではないようなのだが。

「だとしたら、私はきみたちを責める気にはならんな」

当主はそう言って微笑んだ。

「そもそも、きみらを責めることでどちらかが、または両方がいなくなるというのは、私にとっては非常に不本意なんだが」

「それは……」

国原の声が掠《かす》れている。

「まさか、お許しくださる、ということですか」

「仕方あるまい、弱みがあるのはこっちだ」

空は、自分の頭が当主の意図を理解しているのかどうかわからなくなった。

ただ、ただ知りたいことは。

「国原さんは……仕事を辞めなくてもいいのですか」

空が勢い込んで尋ねると、当主は苦笑する。

「空坊っちゃんが一番気になるのはそこだな。まあ、彼がどうしても辞めたいというのでなければ、私としてはもうちょっと彼を使ってみたいと思うよ。どうかな」

「御前が……お許しくださるのであれば……」

国原はまだ半信半疑と言った声。

すると当主は、テーブルの上を見やった。

「まあ茶菓子に手を付けなさい。残されては、用意したものががっかりする」

とても茶菓に手を伸ばす雰囲気ではなかったのだが、そう促されて、空はおずおずと菓子皿を手に取った。

上生菓子と干菓子が盛られた皿から、桜のかたちをした干菓子をつまんで口に入れると、ふんわりと口の中で溶ける。

「おいしい……」

思わず空が呟くと、当主は頷いた。

「特別に作らせているからな。仙谷家の当主というなかなか退屈で面白みのない立場がまずまず我慢できるのは、この程度の贅沢はできるところだ」

「退屈で、面白みのない……？」

思いがけない言葉に、思わず空が尋き返すと……

「国原にある程度は聞いただろう。当主は一言何かを言えば絶大な影響力があるから、うかつにものは言えない。反感を買うような派手な贅沢ができるわけでもない。まあ、すましてひな壇に座り、尊敬されるだけが仕事の、退屈な立場だよ」

これは冗談なのか、そうではないのか。

「でも……だって……尊敬されるのは……尊敬されるように振る舞うのは、大変なことだと思う……思い、ます」

考え考え言うと、当主がきらりと目を光らせた。

「ほう、そこがわかるか」

そう言って、国原を見る。

「どうかね。私は、この空坊ちゃんはなかなかのものだと思うんだが」

「は」

国原は居住まいを正した。

「私も……そう思います。一族をまとめるのに必要なのは……人を惹《ひ》き付け引き寄せる、一種のカリスマのようなものが必要かと。空さんには少なくとも、他人に好かれるという才能があり、それは重要なことだと思います」

その「カリスマ」のようなものを、この現在の当主は持っているということなのだ。

現に空は、庭師のおじいさんであり仙谷家の当主であるこの老人に、人間的に惹き付けられるのは確かだと思うし、国原もそう感じているのだろう。

自分にそんなものがあるのかどうか、と空には信じられない思いなのだが。

国原は少し考えて、付け足す。

「もちろん、裕弥さんのような……人の上に立つことに慣れた態度、自分の意に沿わないことは断固として突っぱねることのできる強さも、必要かと思いますが」

空と裕弥を公平に語る国原の態度を、空はすごいと思う。

この人は、こういう人なのだと……改めて尊敬できる。

「なるほどな」

当主は頷いた。

「つまり、空坊ちゃんには威厳が足りず、裕弥には愛される態度が足りない、と。まあ、威厳はあとから身につけられるが、逆は難しいかもしれんな。少なくとも裕弥は人の上に立つというのは威張り散らすこととは違うと、学ばなければならん」

「あ、あの」

空は、話が想像もしない方向に転がっていくのを見て戸惑った。

「僕……は、まだ、跡取りの資格が、あるのですか」

「資格？　もちろんだ」

当主は空を見る。

「それとも空坊ちゃんは、私のような立場になるのはごめんかね？　うかつに口を挟まないとは言え、経済や経営の知識はもちろん必要だし、社交に必要な語学や教養も叩き込まねばならない。自我の強い人間たちをまとめる要となる、辛抱強さと意志の強さも問われる。もし私が、空坊ちゃんにその資質を認め、空坊ちゃんが必要だと、私の晩年を支え、あとを託したいと頼み込んだとしても、いやかね？」

それが、本当に大変な立場だというのはわかる。

この当主も、そういう重責に堪えてきたのだ。

そういう立場に自分が本当に立てるのかどうか想像もつかないけれど……

必要とされるなら。求められるなら。

その責任ある立場を目指して、自分を磨いていく努力は可能だと思う。

自分がその地位にふさわしいと思えるようになるには、どれだけの勉強をしなくてはいけないのか見当もつかないけれど、それは目標があれば頑張れる。

その地位を嫌って逃げ出したいとは思わない。

むしろ、当主の地位が権力と財力を好きなようにふるうだけの立場であったら、後ずさりして逃げ出すかもしれないが。

しかし、問題はそこではない。

「僕が……国原さんを好きなことは、本当に構わないのですか……？」

「ふむ」

当主は二人を見比べた。

「私としては、この、頑《かたく》なに他人を心の中に立ち入らせない国原という男を面白いと思ったから使ってきたが、その国原が人間的に変化するというのも面白いと思っている。この男の心を溶かすことができる人間がいるとしたらどんな相手だろうと思っていたら、空坊ちゃんだった。これは非難されるようなことだとは思わんがね」

「……私がこの先も、空さんのお傍にいても構わない……ということでしょうか」

国原が慎重な口ぶりで尋ねる。

「構わんのじゃないか？　むしろ、人間になったきみが大いに公私混同して空坊ちゃんの補佐となったら、これは無敵だろうよ。ある意味、きみの野望も叶うわけだし、きみらがところ構わず不埒な振る舞いに及ぶのでなく時と場合を心得るのなら、私が文句は言わせんよ」

冗談めかした口調で言ってから、当主は真面目な顔になった。

「そもそも私だって、若い頃亡くした想い人を忘れられずに独身を通した人間だ。最もプライベートな部分を自由にする権利は確保したのだ。それに……愛人を山ほど囲って放蕩《ほうとう》し放題の当主よりは、同性でも一人のパートナーを大事にする当主のほうが好ましいのじゃないかね？」

それは、二人の関係を、当主が認めてくれるということだ。

今度こそ空にははっきりとわかった。

そして……仙谷家の次期当主になるということは、公私ともに国原が傍らにいてくれるということにも繋がる。

だとしたら……そこまでの道のりがどれだけ大変であろうとも、頑張ってみたいという気持ちにさせられる。

「ありがとう……ございます」

国原がわずかに声を震わせ……空も胸がいっぱいになるのを覚えながら、一緒に頭を下げる。

「まあ、二人のことはこの先二人の自由だ。次期当主の正式決定もまだ先だ。空坊ちゃんの決意待ち、というところだが無理強いはしない。今日はただ、波賀からの告げ口を口実に二人と話したかっただけだ」

その口調から、話は終わったのだとわかった。

「では……失礼いたします」

国原に続き、空も立ち上がる。

「そうそう、空坊ちゃんの言葉だが、共通語は公式の場面で必要だと思うから指示したが、実のところその……聞くものを思わず微笑ませるもとの言葉は魅力的だ。それは忘れず、できればバイリンガルでいてほしい」

空は思わず瞬きした。

聞くものを思わず微笑ませる……のだろうか？　自分の言葉は？

もしかして屋敷の使用人たちが押し殺していた笑みは……そういうことだったのだろうか？

「それは私も同感です」

国原が、優しく微笑んで空を見る。

その笑みが、これまでのような躊躇うようなぎこちないものではなく……心からの自然な笑みだとわかって、空の胸が甘酸っぱいものでいっぱいになった。


帰りは、空は国原の車に同乗した。

こうして国原が運転する隣の助手席に座るのは、最初の出会い以来だ。

車中の空間でふたりきりになるとなんだか気恥ずかしい感じになる。

自分と国原は……いわば「両思い」になったと思って、いいのだろうか。

そして、片思いから両思いになって、二人きりになるということは……どういう変化をもたらすのだろう。

「空さん」

国原が空を呼ぶ声は、今までどおりに落ち着いていた。

「屋敷に戻る前に、一度私のマンションに寄りたいのですが。引き払った荷物を持ってきたいのです」

国原はまた、屋敷に戻るよう当主に指示された。

これまでどおり、空の教育係を務めるように、とのことだ。

弁護士としての本業は、屋敷に住みながらこなすことになる。

「はい」

空は頷いた。

国原はちらりと横目で空を見て口元で微笑む。

そのまま……どこかぎこちない沈黙の中、国原は車を走らせ、やがて都内の、中規模の低層マンションに着いた。

車を機械式の駐車場に入れ、オートロックの玄関からエレベーターで三階に上がる。

空にとっては、マンションについている機械式駐車場も、オートロックもはじめて見るものだ。

「ここです」

部屋に入ると……そこは、モノトーンで統一された、どちらかというと殺風景な印象を与える部屋だった。

必要最低限のものしかない。

屋敷から持ち帰った身の回りのものだけが、まだ大きめのスポーツバッグに入れられたままだ。

「……何か飲みますか。インスタントコーヒーくらいしかありませんが」

そう言いながら国原が開けてみた冷蔵庫の中にも、生活感はない。

空にダイニングの椅子を勧め、国原は小さな食器棚を開いた。

「カップが二客あるのは奇跡だな」

独り言のように呟く。

空は、ふと疑問に思った。

「ここに、あまりお客さんは、来ないのですか」

「来ませんね。招くような客はいませんでしたし」

「あの……ユキさん、とかは……?」

言ってから、空はしまったと思った。

身体だけの関係……と言いつつも、ユキと国原はそれなりに親しげな距離感に見えたし、そういう……関係を……持つのなら。

考えてしまってから、空の胸がきりっと痛む。

想像するんじゃなかった。

「空さん」

国原ははっとしたように空を見ると、テーブルを回り込み、椅子に座る空の足下に膝を突いた。

空を見上げる、真剣な……どこか、苦しげな顔。

「私の過去を、空さんは許せますか。そういう相手は……ユキだけではないのです。行きずりの、適当な関係をいくつも結んできたのです。相手もそういう——気軽な、気持ちで。私はそういう世界にいたのです」

国原も、相手も、気軽な行きずりの。

空には想像もつかない世界。

けれどそれは、国原の過去を思えば……失うことを恐れ、誰にも心を開かずにきたことを思えば、空が許すとか許さないとか、そういうことではないような気がする。

ただ……

「そういうことは……本当は、好きな人とすることでしょう……？」

「そうです。それなのに私は」

国原の声に苦悩が滲む。

けれど空は、責めているのではないのだ。

国原に、そんな顔をさせたいわけではないのだ。

「僕だって、国原さんが好きだから……好きな人とすることを、したい」

言ってしまってから、あまりにも大胆でストレートなことを言ってしまったと思い、空は真っ赤になった。

けれど本音だ。

「空さん」

国原の頬にも血が上る。

「いや……しかし、私は……あなたを大事にしたいと……本当に、こんなふうに誰かを愛おしいと思ったのははじめてだからこそ……」

「それは、まだ……僕を、そんなふうには見られないから、ですか？」

空の心に焦りが生じる。

「そうじゃない！」

国原は突然激しい口調で言った。

「あの日……あなたに口付けて以来、私がどれだけあなたを欲しいと思っているか、あなたにわかりますか？　大人の男が本気で欲望を……それも、これだけの感情を伴った欲望をぶつけたらどうなるのか、わかっていますか？」

大人の男の欲望。

その言葉に、空はぞくりとした。

確かに空には、漠然としかわからない。けれどそれが……互いに触れ合うこと、抱き締め合うこと、口付けること、その先にあることはわかる。

「僕は……国原さんが思うほど、子どもじゃないのです」

空は耳まで朱に染まるのを感じながら思い切って言った。

「子どもだったら、こんなに国原さんに触りたくはならないです……！」

国原が他人に触れること、触れられることをいやがっている。

それがあんなにも気になったのは空が触れたかったからだ。

国原がふとしたときに触れてくれるようになってから、それがあんなにも甘い喜びを生んだのは、空が本能的に、その先にある究極の触れ合いを望んでいたからだ。

それが今、はっきりとわかる。

「空さん……」

国原がごくりと唾を飲み、そしてゆっくりと、空の両手を自分の両手で握った。

国原の熱が伝わってくる。

「だったら……受け止めてみてください、私の本気を」

ぞくりとするような低い声でそう言って……

国原は立ち上がると、空の膝裏を掬《すく》って軽々と抱き上げた。


ベッドの上に、空をそっと降ろす。

横たわる空に覆い被さってくる。

そして……ゆっくりと、口付ける。

押しつけられた唇は熱い。そして、舌先で唇の合わせ目をくすぐられ、思わず開いたところから、舌が忍び込んでくる。

キスは……深いキスは、こんなことをするんだ……と頭の隅で考えながら、空は頭がぼうっとしてくるのを感じる。

「んっ……ん、んっ」

息をどうすればいいのか、思わず洩《も》れてしまう声をどうすればいいのか。

優しく、しかし断固として、国原は空の歯列を、舌の裏を、口蓋《こうがい》を、味わい尽くす。

溢れた唾液が唇の端から零れ出るのを舌が追いかけ、舐《な》め取る。

「空さん」

唇を離し、そっと国原が呼んだ。

空が潤んだ目を開けて国原を見上げる。

「空さん、ひとつ、お願いがあります」

国原の、抑えた、どこか懇願するような声。

「な……？」

「私の過去は消せません。けれどここから先は……私が本当に愛おしいと思う人との、はじめての行為です。だから……どうか今は、私の過去は忘れてください」

空の胸が熱くなる。

本当に愛おしいと思う人とのはじめての行為。

それなら、空にとっても同じだ。

ただ……何もわからない空を、国原が導いてくれる、それだけのことだ。

そして、空にも言いたいことがある。

「おらの……お願いも」

「なんでしょう？」

「普通の言葉で……話して。はじめて……会ったときみたいに」

国原は一瞬考え……はっと目を見開いた。

「あの、坂道で？」

「そう」

まだ空が探す相手とは知らず、道を尋ねた国原は敬語ではなかった。

『ちょっと、尋きたいんだが』

その、低い声、都会の言葉は、空をどきりとさせた。

そしてその後も、感情を昂《たか》ぶらせた国原の言葉は、何度か弁護士と後継者候補としての距離感を失った……それが嬉しかった。

「そして、空って呼んで」

国原はふっと微笑んだ。

「わかった。空」

「あ……」

呼ばれただけで、空の身体を甘酸っぱいものが走り抜ける。

国原との、最後の垣根が取り払われたような気がする。

「国原さ……っ」

両手を伸ばして国原の首に巻き付けると、もう一度唇が重なった。

まだ固い午後の日差しは、カーテン越しに柔らかくなって部屋をほの暗く見せている。

その中で、あちこちに口付けながら着ているものを全部取り去った空の身体は、しなやかな少年の身体だった。

国原は、自分の服を脱ぎ捨てる間ももどかしく、空の肌に手を這わせた。

ほっそりとした骨組みだが、長時間の通学や農場の手伝いに慣れた芯の強さがあり、都会に来てからの生活で日焼けした小麦色の肌は若干薄れ、肌理《きめ》の細かい、滑らかな手触りだ。

その身体を、時間をかけていとおしみ、味わった。

空に触れることを想像してあれほどに罪悪感を抱いたのは、自分の中に芽生えかけた「いとおしい」という感情と、これまで感情を伴わずに欲望のはけ口であった行為を、自分の中で繋げることができなかったからだとわかる。

自分が望み、相手が望み……心を通わせ、互いに求め合って「触れる」ことは、罪ではなく……これこそが本当に自然な行為なのだと思うと、幸福感で胸が痛いほどだ。

空は最初、どこかまぶしげに国原の男らしい身体を見たが、やがてきゅっと眉を寄せ、瞼《まぶた》を閉じる。

国原が口付けるごとに、空の身体は震え、そしてほんのりと桜色に染まっていく。

喉のくぼみを舌先でくすぐり、鎖骨のあたりを吸い上げながら小さな乳首に指先で触れると、

「あっ……」

はじめて空が小さな声を洩らした。

自分の声に驚いたように噛み締める唇を、優しく指先でほどいてやる。

「我慢しないで」

そう言って頬に口付けると、恥ずかしそうに瞼を開き、潤んだ目で国原を見上げた。

可愛い。

こんなに誰かを、可愛い、いとおしいと思う日が来ようとは。

これまでの国原のセックスは、どこか冷静に相手の反応を計算しながら触れ、最終的に自分の欲望を満足させるための手順として相手を高めていたように思う。

しかし今、空が素肌を国原にさらして羞恥《しゅうち》に耐えつつも明らかに国原を求めてくれているのがわかると、なんとか空を感じさせてやりたい、はじめての空を怖がらせずに導いてやりたい、己の欲望など後回しで空を気持ちよくしてやりたい、と思う。

小さな乳首を指先でつまむと、ぴくんと身体が跳ねた。

指で捏《こ》ねてぷつんと立ち上がったそれを唇に含み、軽く吸ってやると、

「んっ……っ」

細い声が上がる。

舌先で転がしながら、もう片方を指でくにくにと揉《も》むと、我慢できないように両脚を擦《こす》り合わせた。

感じやすい身体だと……それが、空のために嬉しい。

乳首がぷっくりと膨らんで赤く色づくと、もう舌先でつつかれるだけで感じるようで、いやいやするように首を振る。

脇腹を撫で下ろし、小さな臍《へそ》の周りを舌でくすぐり……

脚の間では、淡い叢《くさむら》から空のものが震えるように勃《た》ち上がっている。

ちゃんと、男として、感じてくれている。

国原の指がそこを握ると……

「あっ」

空が驚いた声を上げ、顔を起こして国原を見た。

「そんなっ、とこっ」

その無垢《むく》で可愛い反応に、国原は思わず唇に笑みを浮かべる。

「ここを触らなくては何もできない」

本当に何も知らないのだろうか。

だとしたら、この先に進むのは酷だろうか、と一瞬迷う。

しかし空は……

「わっがんない、けど……っ、国原さんが、したいように、しでっ……」

涙目でそんなことを言われると、国原も自分を抑えるのが難しくなる。

大丈夫だ。

手で握り込んだものは、緩やかに扱《しご》いてやるとちゃんと芯を持ち、たちまち先端に透明な液が滲み出す。

「んんっ……っ、くっ……っ」

首を打ち振り、与えられる快感から無意識に逃れようと浮き上がる腰を押さえ、国原は空を口に含んだ。

「あ……！」

しなやかな細い身体が、のけぞる。

「やっ……、あっ……あ、あ」

すっぽりと口の中に招き入れ、舌を絡めながら唇で扱いてやる。

片手で、先ほど育てた乳首の片方を弄《いじ》ってやると、びくびくとのたうち、全身がしっとりと汗ばんでくる。

「や、あっ、あ……っ」

それは、純真無垢な子どもなどではなく、ちゃんと性感を具えた、ほとんど大人になりかかった少年の反応だ。

羞恥に震えながらも、それを与えるのが国原だから……許すのだ。

もっとそんな空を見ていたいが、最初はあまり焦らしてはかわいそうだと思い、国原は空を強く吸い上げた。

「あぁ……！」

背中をのけぞらせて、あっけなく空は達する。

さらりとした、苦みの薄い液体が、国原の舌を打つ。

空がくれた、自分への想いの証。

相手が放ったものを、そう思えることの喜び。

最後まで搾り取るように吸い上げ、勢いを失った空のものを舌で舐め取るようにいとおしんでから、国原は身体をずらして空の額に自分の額を付け、空の身体を抱き締めた。

腕の中にすっぽりと入る、細い身体。

「可愛かった」

そう耳元に囁いてやると、空は恥ずかしがって国原の胸に額を押しつけるようにして顔を隠した。

そんな反応がいちいち可愛くてたまらない。

しかし、国原の手が空の背中を往復し、腰骨のあたりを撫《な》でると、空の身体はまたぴくんと跳ねた。

「んっ……」

空がまた、甘く上擦った声を上げる。

国原の掌で摑みきれそうな小ぶりの双丘をゆっくりと揉み、そして狭間に指を辷らせると、空の身体がわずかに緊張して固くなった。

指先で、固く閉じた蕾《つぼみ》を探し当てる。

「ここに……私を。わかる?」

意味がわかるだろうか、と思いながら耳元で低く尋ねると……

「そ、こ……?」

か細い声が返ってくる。

そして……

目を固く閉じたまま、こくんと頷く。

国原が望むことなら、なんでも受け入れると……受け入れたいと、そんな空の想いが国原に伝わる。

だとしたら、国原にも迷う理由などない。

もう一度、空に深々と口付ける。

舌を絡めるねっとりとしたキスに、今度は空もぎこちなく舌を動かして応える。

そのまま、指で空の蕾を優しくつつき、刺激してやる。

腰を抱き寄せ、叢が絡まり合い、国原の昂ぶりを直接感じ取った空が、また固さを取り戻そうとしている。

唇を離すと唾液が糸を引き、空は頰を上気させ、とろんと放心した目になっていた。

「……俯《うつぶ》せに」

少し迷ってから、国原はできるだけ空が楽な姿勢にしてやろうと、促した。

空の顔を見たい気持ちはあるが、それはぐっと堪える。

なすがままに俯せになった空の腰を持ち上げ、背骨に沿ってキスを落としてから、両手で割り裂くように双丘を広げた。

色の淡い蕾は、それでも指の刺激でわずかにふっくらとし、ひくついている。

そこに、国原は顔を寄せ……舌先でつついた。

「んんっ……っ」

驚いたように窄《すぼ》まるそこを、丹念に舌で蕩《とろ》かしていくと、空の声に甘さが混じるとともに次第にほぐれてくる。

頃合いを見て人差し指をゆっくりと差し込むと、一瞬身体がびくりと竦《すく》んだものの、中は柔らかく国原の指を包んだ。

内壁の感触を確かめながら奥へと押し込むと、指に吸い付くように絡みついてくる。

この中を、早く自分自身で味わいたいという焦りにも似た気持ちを押し殺し、中の一点を探り当てて軽く押してやると……

「あっ、ああ、あっ……っ」

空の声が裏返った。

何度か指の腹で擦ると、次第に空の声は甘く尾を引くようになる。

そして、内壁が熱く柔らかく蕩けてくる。

はじめての快感に、戸惑いつつも身を委ね出したのがわかる。

指を二本に増やすとさすがに抵抗感が増したが、ゆっくりと抜き差しすると空の腰が頼りなく揺らめき出した。

素直な身体……素直な心であればこその。

「んっ、うっ……う……んっ、あ、あぁぁっ」

国原の指の動きにつれて音色を変えていく声がたまらない。

三本目の指を入れると、肉の輪がぎっちりと指を締め付けた。

「空……苦しい？」

尋ねると、空は枕に押しつけた首を左右に振る。

唾液を足してやり、中を押し広げながら抜き差しすると、やがてぐちゅぐちゅと湿った音が響き始めた。

空の耳にも届いて、羞恥とともに快感を増したのだろう、中の温度が上がる。

もう大丈夫だ。

国原はゆっくりと指を引き抜いた。

「あぁ……っ」

追い縋るように入り口がひくつく。

空の腰を抱え直した。

赤く色付き、やんわりと閉じかけたそこに……国原は己の昂ぶりを押しつける。

さすがに、抵抗がある。

「力を、抜いて……息を吐いてみて」

腰骨を撫でながらそう促すと、空が震える息を吐き出した。

そのタイミングに合わせて、思い切ってぐっと押し込む。

「……あぁ……っ！」

ベッドの上に突いていた、空の肘《ひじ》が崩れた。

高く掲げた格好の腰を両手で引き寄せると、国原自身がさらに深く沈む。

きつい締め付けに、国原も思わず唇を噛んだ。

無垢な身体が、今、国原を受け入れてくれている……その事実だけで、国原もおそろしく昂ぶっている。

ぴったりと根元まで押し込み、空がその状態に馴染むまで待つと、やがて中が柔らかく国原を招き入れるのがわかった。

空の、顔が見たい。

国原は、空の片膝を曲げさせて抱え込み、ぐいっと回転させてやる。

「あ――」

中を擦られる感触に空が驚いた瞬間には、空は仰向けになっていた。

ゆっくりと空の上に上体を倒すと――

空が潤んだ目で国原を見上げる。

「空、わかる？　中に……私がいるのが」

すぐにも動きたい衝動を堪えて国原が尋ねると、空はこくんと頷いた。

「わが、る……っ」

その、母音の曖昧な、舌足らずの言葉が国原の耳に心地いい。

空が、受け入れてくれた。

自分が空を抱いているようでいて……今、空は国原をまるごと受け入れ、全身で抱いてくれているのだと、思う。

「嬉、しっ……」

空は、掠れた声でそう付け足した。

その声が、国原の心臓を直撃し、不覚にも昂ぶりがぐっと体積を増す。

「あっ」

驚いた声を上げながらも、空の中が呼応するようにきゅっとひくついた。

「くっ」

思わず国原は呻《うめ》いて、ぎゅっと唇を噛み……

一呼吸置くと、空の顔をみつめながらゆっくりと腰を引いた。

「あんっ」

内壁が、国原を追いかけるように締まる。

そこを押し分けるようにして、深く押し込む。

「んっ……あ、やぁ……んっ」

感じるところを張り出した部分で意図的に擦ると、空はのけぞった。

大丈夫だ。

感じてくれている。

確信を得て、国原は次第に動きを速め、そのたびにより奥深くを突く。

「あっ、あっ、あ……っ」

全身がしっとりと汗ばみ、肌を朱に染め、はじめての快感に喘《あえ》ぐ空は、おそろしく艶っぽい。

これが……国原だけに見せる、空の姿。

国原は空の脚を抱え直し、再び力を取り戻している空のものを片手で握った。

腰を入れるリズムに合わせて扱いてやる。

もう片方の腕を空の腰の下に回して引き寄せると、繋がりが更に深くなる。

宙を探るような動きを見せた空の腕を自分の肩に回してやると、朦朧《もうろう》としながらも夢中になってしがみついてくる。

——悦い。

これまで知らなかった種類の、心と身体と両方で感じる快感に、国原の理性のたがははずれた。

空の中を味わい尽くすように、引き抜いては突き入れる。

摩擦の熱で空を、自分を、繋がった二人の身体を焼き尽くしてしまいたい。

湿った音や肌を打ち付ける音が、羞恥を通り越した空の耳に快感として浸透していくのを見極めながら、この快感の行き着く果てにあるものを目指す。

二人、同時に。

「くっ、うぅん……っ、う、あ、あっ……あ……！」

空の声が限界を告げ……

国原の手の中に二度目の証を吐き出すのを感じて。

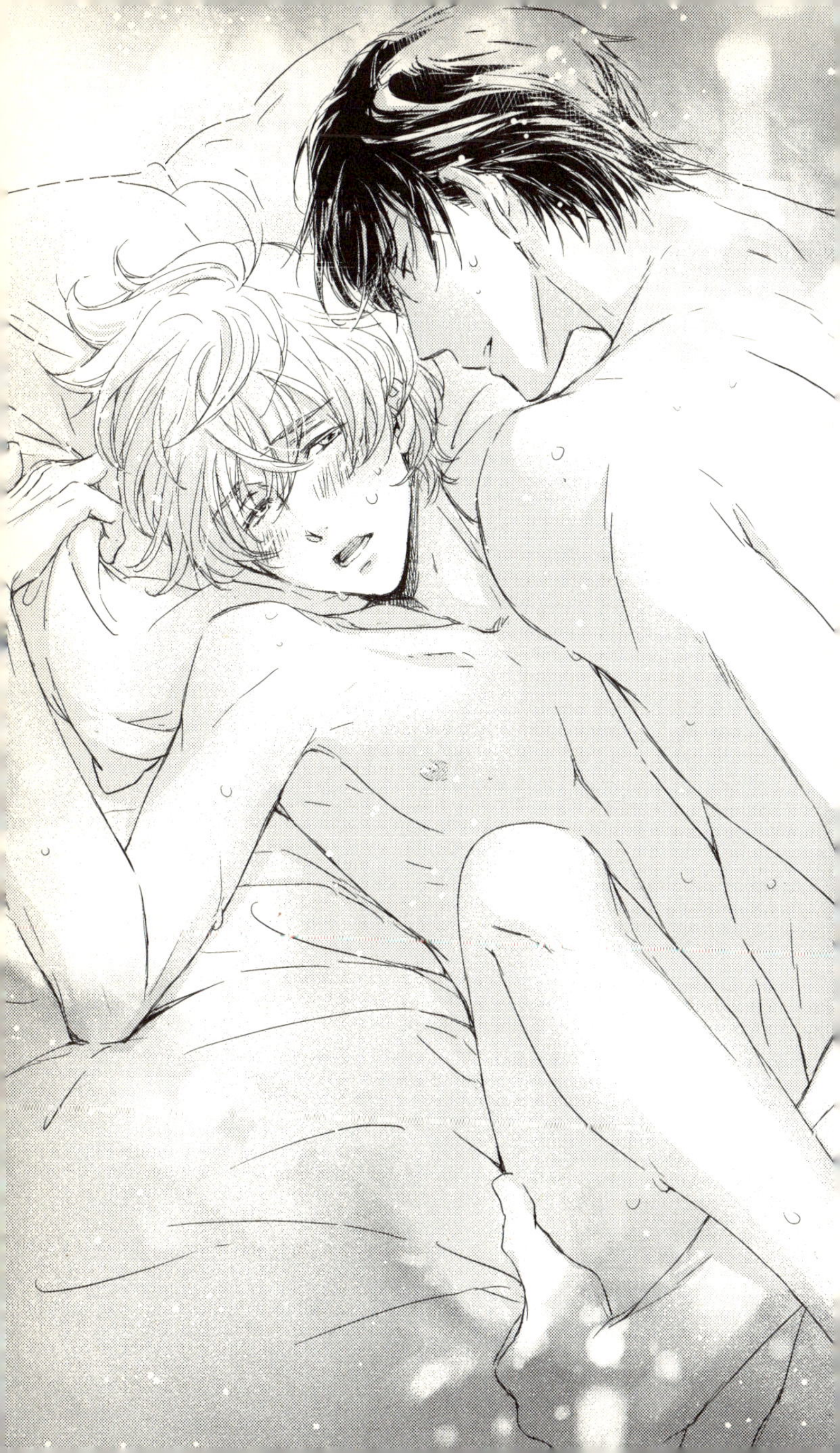

国原は一瞬遅れて、空の中に激しく自分を解き放った。


窓の外は夕暮れの気配だ。

そろそろ空を起こして夕食に間に合うように屋敷に連れて帰らなければ……と思いながら、国原は腕の中で眠る空を目を細めてみつめた。

まだもう少し、この顔を見ていたい。

国原の腕の中で艶やかに咲いた空の顔は、今はまたどこかあどけない少年の顔に戻っている。

……自分は、空のものだ。

空が自分のものだと思う前に、そう考えるのが自然と感じるのが不思議だ。

そして国原の中に頑として居座っていた世間に対する意地のようなものが、いつの間にか溶けてなくなっていることに気付く。

地位と経済力と。

それだけを求めて、これまでやってきた。

しかし今は、自分がこれまで培ってきたものすべてを、空のために役立てられるならと思う。

弁護士の資格は、これからも空のために大いにできることがあるだろう。

そしていずれ……空がもしも仙谷家の当主になれば、国原は企業グループの中で華やかな役回りを演じることは望まず、影の存在として空の補佐役に徹する、それでもいいと思う。

もしも空が当主となることを望まず、大学を出て普通に就職するのであっても空との時間を仕事のために犠牲にはしたくない。

それくらい……自分自身の価値観が、空によって変わったことは驚きだ。

空が、自分を必要としてくれた。

空が、自分を慕ってくれた。

しかし、そんな空をいとおしいと思い、守るべき存在と感じていたのが……空自身が、当主の前で国原を庇ったとき、国原にははっきりとわかった。

空はかよわい、守られるだけの存在ではないのだ。

空はその強さで、国原を救ってもくれる。

国原がおそらく子どもの頃から望んで得られなかった、互いを対等に愛し、求め、守り守られる……そんな魂が、この空の中にある。

「ん……」

空がかすかに身じろぎし、小さく開いた唇から声を洩らした。

国原の唇が綻ぶ。

もう少ししたら、空は目を覚まし、そして恥ずかしそうに国原をみつめ……

そして国原を呼ぶだろう。

あの、なんとも言えない人の心を和ませる、母音の曖昧な魅力的な声で。

「国原さん」と。

決して空に失ってほしくはない、訛《なま》りというよりは、空の個性としての優しい言葉。

バイリンガルになれと言った当主の言葉は言い得て妙だ。

国原自身は、親戚の家を回って転校しているうちに、あちこちの言葉が混ざり合い、最終的には意地になって共通語の勉強をしたために「自分の言葉」を見失ってしまった。

空が確固として自分の言葉を保ってくれることは、国原にとっても失った心のよりどころができるような、不思議な期待がある。

そして——国原は、目を覚ました空に、まず真っ直ぐに告げるだろう。

愛している、と。


「俺、降りるから」

学校へ向かう車の中で裕弥が言った言葉に、空は思わず瞬きした。

「降りる……って？」

こんなところで車から降りるのだろうか、と驚くと。

「次期当主候補から降りるってこと」

裕弥ははあっと少しばかり大げさなため息をついた。

「ど、どうして!?」

「どうしてって、俺、わかったからだよ。当主になるのはたぶん俺じゃないって」

ぶっきらぼうに裕弥は吐き出す。

「こないだの、テストの結果……あれ、なんだよ」

なんだよと言われても。

空だって驚いたのだ。転校してはじめての試験で、学年でかなりの上位だったことには。

裕弥も悪くはないが、そこそこと言ったところだった。

「お前には、絶対負けるようなことはないと思ったのにさあ。食事のマナーも身につけちゃうし、もう全然訛ってもいないし」

「そんなことはないと思うけど……」

「ほら、全然普通じゃん」

裕弥は面白くなさそうに頬を膨らませた。

「それに国原さんは味方につけちゃうしさ。俺、あの人が俺を次期当主にするために、なんか策略でお前に近付いたのかなあとか思ってたんだけど、とんだ勘違いだったよ」

二人のキスを目撃した裕弥は、意外にも同性同士の恋愛に対しては思うところはないらしく、ただただ国原が本気で空と相思相愛になってしまったこと、国原が自分の味方ではなかったことが悔しいらしい。

「それに当主になるって、思ったほど面白くなさそうだし。それだったら、親父の会社を継いだほうがよっぽど面白そう」

裕弥なりに、当主という存在に何を求められるのか学んだ結果でもあるのだろうか。

「とにかく」

裕弥は、空の顔をはじめて正面から見た。

「お前が当主になるなら、それでもいいや。俺はグループ企業をひとつ任されて、当主にずばずばものを言う側近にでもなってやるから、覚悟しとけよ」

堂々たる敗北宣言に空は驚き……

「う、うん」

反射的に返事をしてから、これではまるで自分が当主になることが決まったようだと思う。

実のところ、まだ決意はしていない。

裕弥が身を引いたからといって、自動的に空に決まるのかどうかもわからない。

ただ、「庭師のおじいさん」である現当主と接するうちに、空は当主を深く尊敬するようになり、その人のようになれるなら、という気持ちは芽生えてきている。

最初の頃に裕弥に笑われた教養的な部分も、必要ならば積極的に学んでいこうと思うし、経済的なことの勉強もしてみたいと思う。

ただ、それは完全にあの、伯父伯母の農場と別れを告げることになると……それだけが一抹《いちまつ》の寂しさだったのだが。

当主が花壇の手入れをしながらふと「現当主の趣味が庭いじりなら、次期当主の趣味が牧場経営でも別に悪いことはないだろう」と言ってくれたことが、空の気を軽くしている。

それは……なんらかのかたちで、伯父伯母の農場と関わっていっていいということだ。

当主自身に、その「関わり方」について何か考えがあるように思える。

その当主と、羊の雲はすっかり仲良くなっている。

当主は「この優秀な、生きた芝刈り機」とふざけて雲のことを呼び、雲も空のことはもちろん特別だが、当主にもすっかり懐いて楽しそうだ。

「おい、他になんか言うことないのかよ」

裕弥の言葉に、空ははっとした。

自分の考えにふけってしまっていた。

それに……裕弥に、どう答えたらいいのか。

「僕が当主になるのかどうかはまだわからないから……でも、裕弥くんが本当にやめてしまうのなら、残念だと、思う」

屋敷に来た最初の頃なら思ってもみなかったかもしれないが、それは空の、今の正直な気持ちだ。

「僕の変なところや足りないところも、裕弥くんと波賀さんにいろいろ教えてもらったから。でもあの、学校はやめないよね？」

「当たり前だろ。俺は最初からあの学校に通ってるんだから」

「だったら……その、今さらだけど」

空は、思い切って言った。

「友達になってくれるかな」

「お前さあ」

裕弥は一瞬絶句したが……

はあ、と呆れたようにため息をつき、

「どうしてもって言うならなってやるよ」

そう言って、手を差し出した。

「ありがとう」

空も嬉しくなって自分の手を差し出し、しっかりと握手する。

これは裕弥の潔さだ。

出会いが悪かったけれど、これからお互いにもっと大人になれば、本当に打ち解けられる日も来るような気がする、と空は思った。


「ただいま！」

屋敷の玄関に飛び込むと、前沢が出迎える。

「お帰りなさいませ」

そう言って、空の手から鞄《かばん》を受け取る。

「国原さんは、温室でお待ちでございますよ。真っ直ぐ行かれますか？」

「はい」

国原によるレッスンは続いていて、空の部屋ではなく温室を使うことも多い。

言葉だけではなく、最近は教養的なことへのレクチャーもあり、空としては国原の博識ぶりに驚かされるばかりだ。

「空さま」

温室に向かおうと、身を翻《ひるがえ》して今入ってきた玄関を出ていこうとした空を、前沢がにこにこして呼び止める。

「温室にお茶の準備をさせていただいております。空さまのお好きなケークサレですよ」

「うわあ！　あとで山崎《やまざき》さんにお礼を言わないと！　体育で走ったから、おなかぺこぺこなんです」

山崎という屋敷のシェフは、空がなんでもおいしいおいしいと言ってきれいに食べてくれるので腕のふるいがいがあると言っており、空の好みも覚えてくれた。

今日は体育で千メートル走があると聞いて、ボリュームのあるおやつを用意してくれたのだとわかる。

こんなふうに、前沢や山崎や、他の使用人とも、いつしかごくごく自然に言葉を交わせるようになった。

これが空の接し方なのだと前沢たちも納得し、そして空との会話を楽しんでいるように見え、空にとっても、屋敷は「自分の家」だと感じられる場所になってきている。

「じゃあ、行ってきます！」

たった今入ってきた玄関をそう言ってまた飛び出し、空は庭に駆け込んだ。

芝生の上にいた雲が、足音を聞きつけて転がるようにこちらに向かって走ってくる。

「雲、ただいま！」

どんとぶつかってくる雲を、空は抱き締めた。

雲はどうやら屋敷の動物好きの使用人が競って手入れをしてくれているらしく、前にも増してふわふわのもこもこで、真っ白だ。

環境が変わってもどんと落ち着いていて、「お屋敷のペット」という立場に満足しているように見える。

雲を撫で回していると、芝生の向こうから国原がゆっくりと歩み寄ってくるのが見えた。

謹厳なスーツ姿はいつも変わらない。

しかし、空をみつめる視線は甘く、

「お帰りなさいませ」

穏やかな声音にも優しさが籠もっている。

「千メートル走はいかがでした」

「学年で三番でしたよ！」

国原は目を細める。

「すごいですね。山の上からの、長時間の通学で鍛えたせいでしょうか」

「友達にもそう言われました」

友達、という言葉が空の口から普通に出るようになってしばらく経つ。

「さあ、では……温室でお茶にしましょう。そのあと課題を少し見てから、仙谷家の歴史について、きのうの続きを講義しましょう」

「はい。じゃあ雲、またあとで」

もう一度雲をぎゅっと抱き締めて、空は立ち上がった。

雲はすっかり心得ていて、今度は空の腿を後ろから、温室のほうへ頭でぐいぐい押す。

二人が温室に入ると雲はそのまま芝生のほうに戻っていき……

国原は後ろ手に、慎重に戸を閉めた。

今日は……「庭師のおじいさん」はおらず、二人きりだ。

空が国原を見上げると、国原は優しく微笑み……

「お帰り、空」

改めて、そう言った。

言葉遣いが変わるとともに、空気が甘く変化する。

勉強の前に少し……ほんの少しだけ甘い時間を過ごすための、それが、合図だ。

幸福感に、甘い空気に、そして国原の優しい視線に溺《おぼ》れてしまいそうに感じながら、ほんのり頬を染めた空に……

国原が身を屈め——唇が、触れた。

終わり

あとがき

このたびは「羊が結ぶ溺愛レッスン」をお手にとっていただき、ありがとうございます。

ええと……まさかの、方言受けちゃんです（笑）。

そもそもは、私が「次回作は久々に敬語攻めで行きたい」と言ったところ、担当さまから「それなら受けは方言でどうでしょう」というお返事があったのでした。

ナゼ⁉

びっくりしましたが……面白そうじゃありませんか。

しかし、ばりばりの方言受けちゃんを、まさかそのままラストまで引っ張って、ＢＬとして違和感なくラブシーンまで持って行くのはさすがに難しいということで……

攻めによるレッスンという、私の大好きなシチュエーションに。

そしてなぜか私には、以前の仕事の関係で「地方出身者に共通語を教える」というノウハウがあったりするのでした。

まさか、こんなふうに小説の中で生かせるとは思わなかったのでびっくりです。

空の方言は、特定の地方をイメージしたものではありません。まあなんとなく、西日本か東日本かと言えば東です。もしもどこかの言葉と一致しても、それは偶然です（笑）。

そして、本人が方言では、さすがにいつもの受け一人称は無理……ということで三人称に。

その結果、攻め視点を随所に挟むことができたわけです。

投稿時代は別として、これまであまりやってこなかったことなのですが、担当さまのご提案もあり久々にチャレンジしてみました。

国原という空から見たら完璧な男の裏側を描くことができ、お話全体にも深みも持たせられたように思います。

そして結果的にこれは、国原の成長の話だったのかなあと。

そんなふうに書いていたら最後、えっちは自然と国原視点になりました。これも私には珍しいことで、お楽しみいただければ嬉しいと思っています。


さらにもう一点、今回どうしてもやりたかったのは……

羊を出す！

しばらく前から、どうしても羊を出したかったのです。BLとは全く無関係な読書の中で、羊に惚れ込んでいたのです。

何しろBL界はこのところ大変なもふもふブーム。私も羊を出すことで、ついに堂々参加……あれ？　何か間違っているかも？


タイトルは久々に、脳みそが裏返るのではないかと思うくらい悩みました。

担当さまとあれこれキーワードをつきあわせてみるのですが、どうもピンと来ず。

ところが、編集部でそれを聞いた初代担当さまが「これとこれを組み合わせればいいんじゃ?」と、二つの案を合体させてあらまあ素敵なタイトルを出現させてくださいました!

私としてはできればタイトルに「羊」を入れたかったので、それも叶って嬉しいです♪

お二方に御礼申し上げます。


カワイチハル先生には、大変久しぶりにイラストをお願いできることになりました。

ラフ段階で、もうめろめろでございます。本になるのが待ち遠しくてたまりません。

本当にありがとうございました。


去年はなんとなくチャレンジの年でした。

今回もその流れが続きつつ、原点回帰の雰囲気もあるように思っています。

引き続き、みなさまに楽しんでいただけるお話を書いていければと思いますので、よろしくお願いいたします。

また、次の本でお目にかかれますように。


ぼちぼち夏の気配におびえつつ……

夢乃咲実　拝

◆初出一覧◆

羊が結ぶ溺愛レッスン　　　　　／書き下ろし

ビーボーイノベルズをお買い上げいただきありがとうございます。

この本を読んでのご意見・ご感想をお待ちしております。

〒162-0825 東京都新宿区神楽坂6-46
ローベル神楽坂ビル5F
株式会社リブレ内 編集部

リブレ公式サイトでは、アンケートを受け付けております。

サイトにアクセスし、TOPページの「アンケート」から該当アンケートを選択してください。

ご協力をお待ちしております。

リブレ公式サイト http://libre-inc.co.jp

BBN B●BOY NOVELS

羊が結ぶ溺愛レッスン

2016年6月20日 第1刷発行

著者――夢乃咲実

発行者――太田歳子

発行所――株式会社リブレ

〒162-0825
東京都新宿区神楽坂6-46ローベル神楽坂ビル
営業 電話03(3235)7405 FAX03(3235)0342
編集 電話03(3235)0317

印刷所――株式会社光邦

Printed in Japan
ISBN 978-4-7997-2978-6